LOCUS

LOCUS

to

fiction

to 126

卡里古拉

Caligula

作者：卡繆 Albert Camus

譯者：嚴慧瑩

編輯：林盈志

封面設計：林育鋒、許慈力

內頁排版：江宜蔚

校對：呂佳真

出版者：大塊文化出版股份有限公司

台北市 105022 南京東路四段 25 號 11 樓

www.locuspublishing.com

locus@locuspublishing.com

讀者服務專線：0800-006689

TEL：(02) 87123898　FAX：(02) 87123897

郵撥帳號：18955675　戶名：大塊文化出版股份有限公司

法律顧問：董安丹律師、顧慕堯律師

總經銷：大和書報圖書股份有限公司

地址：新北市新莊區五工五路 2 號

TEL：(02) 89902588　FAX：(02) 22901658

初版一刷：2022 年 3 月

定價：新台幣 300 元

ISBN：978-626-7118-05-4

卡里古拉

Caligula

卡繆
Albert
Camus

嚴慧瑩 譯

目錄

導讀

思考荒謬，書寫荒謬

徐佳華（國立中央大學法文系副教授）

卡繆很早便規畫了一個包含三個階段的寫作計畫。從意識到「荒謬」（第一階段），到起而並肩「反抗」（第二階段），直至以「愛」為度量（第三階段），每個階段皆以論述、小說和戲劇三種不同文類輔以不同文學手法，推敲、探究並延伸這三個既為因果，又彼此重疊呼應的主題。三個階段雖看似如線性推進，實如螺旋延展，愛自始至終貫穿荒謬與反抗的核心，每個階段的思想脈絡也與卡繆的人生與歷史的進程緊緊相扣。

荒謬之感從何而來？在一個以宗教和傳統為中心的社會裡，人生大小事皆因果有據，方向明確，無從荒謬起，一切交給神或順從天。這樣的世界舒適安穩，好人上天堂，壞人下地獄。然而，當世間的悲慘與不正義讓人對前述世界秩序產生懷疑，人們開始感到焦慮惶惑。卡繆所在之二十世紀前中期的西方社會瀰漫著沮喪與不安：工業與科技發展帶來前所未見的戰爭死傷，基督宗教的世界觀與道德指引逐漸失去力量，對理性的尊崇和宗教信仰已然動搖的歐洲像個失怙的孩子，從未如此自由，卻頓失歸依。人們懷疑神是否真愛世人，還是祂其實並不存在。而沒有了神的帶領，人突然發現自己的孤單。過去，人只是現世的過客，從沒好好感受當下世界，一切頓時變得陌生。尤有甚者，機械化的現代生活又切斷了人與自然的連結。人失了根，不再理解他的世界。努力有何意義？存在為何目的？

這種睜開雙眼卻看不到光明的普遍社會氣氛開啟了卡繆對荒謬（l'Absurde）的思考，成為荒謬階段的論述之作《薛西弗斯的神話》的問題意識。卡繆想知道抱持著一個接受現世之外沒有其他可能，又拒絕遁入信仰或「就是這樣，不然呢」的閃躲態度（卡繆使用「跳躍」〔un saut〕一詞，指的是作弊、遇到不能解釋之處就繞道、閃避）的「荒謬的人」，是如何透過唯一能夠確定的東西，亦即個人經驗和意識（我思，故我在）找出荒謬之中不知何去何從的可能姿態。

人一旦察覺到與身處世界之間的違和感，一切就都不一樣了。但是意識到荒謬只是開端，絕非結果。荒謬的人不寄望死後的世界，因為他只擁有有限的現在。荒謬的人也謝絕信仰的救贖、人云亦云的道德規範，他要以一己之力扛起人生的全責，形塑自己的人生。因此，《薛西弗斯的神話》對荒謬的因果推演反而得出以下結論：思想行動的完全自由，接受死亡即是灰飛煙滅，同時盡情燃燒有限生命，不求明天。人生的無意義與自殺的命題因而解決：人生愈沒有意義，人愈可能活好活滿。換句話說，荒謬的人認命，卻不認命。承認荒謬的下一步並非否定人生，而是反抗。

然而，以荒謬為前提並透過邏輯推演所得到的完全自由真的沒問題嗎？卡繆以戲劇作品《卡里古拉》尋求回應。卡里古拉是歷史上真實存在的羅馬暴君，他的親妹妹兼情人之死使他意識到死亡不可逆之殘酷現實。如果世界的最高秩序並不存在，那麼人便可以自任主宰。身為帝王，卡里古拉擁有絕對權力。為了好好教教這群假裝歲月靜好的虛偽傢伙，他代替不可捉摸的命運之神，因為無常才是人生的真相，而所有人都必須活在真相之中。卡繆給了卡里古拉各種荒唐殘暴的作為一個非常人性、甚至令人憐憫的原因，首演更由年輕俊美的傑拉・菲利浦（Gérard Philipe）飾演本是其貌不揚的暴君，讓這部劇作的詮釋有了更強的衝突性。如同許多追求絕對的年輕生命，原本相信人性價值的卡里古拉受到荒謬現實的重擊。他起身反抗，但是方法錯了，因為他的作為出於絕望，他喪失了對人與生命的信念，如此的虛無只會帶來毀滅。隨著各地獨裁者之坐大，卡繆持續更新這部劇本，卡里古拉成了現代獨裁者的隱喻。劇作家邀請讀者捫心自問：如果你我也擁有無限權力，如果你我也希望翻轉世界的秩序，是否也會成為卡里古拉？劇末一句「我還活著」，意味深長。

劇作《誤會》雖不在一部小說、一部劇作和一部論述的原始計畫內，卻未嘗不可將它視為介於荒謬與反抗階段之間的轉捩點。它的場景設於今日的捷克，這個對卡繆而言意味著流放與無助之地。浪子在離家多年後返回故里，心情輾轉忐忑。他入住其母與其妹經營的小鎮旅店，為了觀察家人是否惦記著他，也因為無法決定自己的去留，他選擇假扮陌生人，卻始終找不到對的那句通關密語與家人相認，最後慘遭她們謀財殺害。卡繆寫作此劇時身在法國，二戰阻斷了法國與阿爾及利亞間的聯絡，使他無法回鄉與家人妻子相聚。劇作家對臨海家鄉的思念，化為殺人凶手前往熱帶國度幸福生活的幻夢。然而，如果每個人都有權追求幸福，任何手段是否皆為正當？反抗不能沒有限度，目的不能合理化手段，這是卡繆下一階段反抗思想的重點之一。《誤會》是卡繆創作現代悲劇的嘗試，有命運的捉弄，人性卻更為關鍵。其標題原文malentendu由mal和entendu組成，字面原意為誤聽、聽不清楚，引申為誤會、誤解，搬演著人與人之間的各說各話、彼此揣測，誰也無法幫誰，無人得到拯救。然而悲劇的設定之下卻確實隱含著正面寓意：在是非顛倒、善惡不明的荒謬世界中，唯有誠實和真切的語言能夠帶來救贖。

誠實和清楚的語言雖然看來再簡單不過，在現實世界裡卻啟人疑竇。《誤會》的故事化為一則社會案件剪報，出現在荒謬階段小說《異鄉人》主人翁莫梭的囚室中。當謊言成了遊戲規則，有說成沒有、沒有說成有才是常態的時候，莫梭只說真話。就算牽涉自己的命運，也不虛偽佯裝，始終如一。世人不理解他，認為他是個怪物，因為他拒絕迎合社會期待。或許世人太習慣於社會化的遊戲，莫梭的語言如同烈陽下的天空，直接地近乎刺眼。誠實也反應在他對外在環境的各種感受，那是他唯一了解世界的方式。他只是個阿爾及爾的窮小子，貧窮或許限制了他的想像力，但是他不需要想像力，一草一木對他而言沒有任何先驗的意義或目的。如同《薛西弗斯的神話》中所言，當掩蓋世界的各種論述被褪去，與個人感受坦誠相對成為理解世界的誠實起點。從這個角度來說，莫梭是個「荒謬的人」，他唯一承認的是此生此世，和身為人、亦僅為人的感受體驗。卡繆把阿爾及爾的平民生活，只有工作、期待週末卻沒有未來的生活模式，擔任新聞記者的經驗，對人與神之正義的觀察等等許多細節都微妙地揉捏在《異鄉人》這個似乎永遠無法被完全透析，卻也將不斷被討論詮釋的作品之中。

最後要提醒讀者的是，《異鄉人》並非《薛西弗斯的神話》的故事版，《薛西弗斯的神話》亦非其他虛構作品的題解。正因三種文類本質各異，允許卡繆由不同角度與設定探索荒謬的各種面向，並探尋正視荒謬下的可能行動方式。尤其是他的小說與戲劇，作為開放的文本，它們提出問題更甚於給予標準答案，透過精湛的文學手法，邀請讀者一同思索荒謬，並期待反抗。

導讀
必須絕對自由

羅仕龍（法國巴黎新索邦大學戲劇博士）

人類存在的本質是什麼？這是閱讀每一本卡繆的作品時，讀者總會反覆思索的問題。如同卡繆小說《異鄉人》一樣，劇作《卡里古拉》也觸及了生命與死亡、偶然與必然的議題。只不過《卡里古拉》裡沒有白花花刺得讓人睜不開雙眼的熾熱陽光，殺人也並非純然出於不明所以的動機。在《卡里古拉》裡，有的是讓戀人心心念念的皎潔月色，而殺戮則是君王用以證明其合理邏輯的工具。

《卡里古拉》的主角是三十歲不到的羅馬皇帝，因痛失情人而開始抽絲剝繭思考死亡的真諦：究竟世間什麼是公平的？什麼又是不可抗拒的？在看似理所當然的宇宙秩序與規律裡，難道沒有突破與超越的可能？卡里古拉先是神祕失蹤，而後在眾人幾經尋訪之下，才蓬頭垢面地悄悄回到皇宮。這看似尋得意義、重新歸返生活正軌的過程，卻開啟一連串令眾臣與人民匪夷所思的行徑。他縱情放蕩，不顧君臣義理；他動輒刑罰、罷黜貴族，讓帝國臣民噤若寒蟬；他宣稱自己的所作所為有其道理，卻是濫殺無辜，喜怒無常，導致意圖推翻他的宮廷政變正蠢蠢欲動。

卡里古拉之所以令人畏懼不安，來自於他的荒腔走板，難以捉摸。他與元老貴族之間狀似親密甚至輕佻，一會兒嘲弄他們服藥以為是自保的可笑計策，一會兒又開誠布公燒毀謀反的證據。他時而扮裝成女神維納斯，時而舉辦詩歌朗誦比賽，讓原應超越時空限制的文藝、愛情與神祇，在在顯得蒼白脆弱，無法跳脫權力魔咒的挾持。他最親密的情婦，同時也是他企圖勒斃的鬧劇見證人；有意除去卡里古拉為父報仇的年輕詩人，卻又在他身上看見彼此共通的特質進而惺惺相惜。

這麼一個性格複雜、能量強大的卡里古拉，究竟何許人也？何以卡繆要將這個角色寫入劇本，搬上舞台？他的多面性與象徵性，又與劇本主題有何關聯？

一九四五年，《卡里古拉》在巴黎赫伯托劇院首演。此前，卡繆已在一九四四年一年之內出版過兩個版本的《卡里古拉》。然而早在卡繆寫於一九三七年一月的筆記裡，就可看出他已起心動念要以卡里古拉為題編寫劇本。此時距離他在阿爾及利亞創立「勞動劇團」（Théâtre du Travail），不過才一年左右光景。由此不難看出，《卡里古拉》的創作是跟著卡繆的戲劇生命一同發展而來。

一九四七年，巴黎伽利瑪（Gallimard）出版社出版《卡里古拉》劇本。這個版本與一九四四年的兩個版本之間有著明顯的更動，例如卡里古拉在第三幕裡拒聽老貴族提供的貴族政變情報。根據卡繆本人的說法，此處更動乃是為了凸顯卡里古拉所欲追求的「高級自殺」。卡繆在劇情細節上仔細推敲，對於卡里古拉性格的揣摩與描寫也不斷琢磨。劇中所涉及的主題，都是卡繆念茲在茲，並且通過劇本的反覆修訂以求更加貼切地表達。一九五七年，《卡里古拉》在法國昂熱戲劇節演出，卡繆再對劇本做出調整，加強埃利恭的戲分。翌年，《卡里古拉》根據昂熱版本在巴黎重演，並且出版劇本。一九五八年出版的《卡里古拉》，一般被認為定稿，但無礙一九四七年版本的流通。以臺灣為例，二〇二〇年由EX－亞洲劇團演出的《追月狂君——卡里古拉》，主要便是根據一九四七年版本而來。除了一九四七、一九五八兩個主要版本之外，卡繆還留下多份《卡里古拉》劇本手稿，內容不盡相同，且劇名標題時有修改。凡此，都清楚說明《卡里古拉》在卡繆創作生涯中的地位不容忽視。

《卡里古拉》劇中的暴君，在歷史上真有其人；其恣意妄為的行徑，在羅馬歷史學家蘇埃托尼（Suétone）所著的《十二帝王傳》裡多有跡可尋。對應到本劇創作與演出期間，不免讓人聯想到幾近瘋狂的歐洲獨裁者，以及群眾的集體恐懼，為求自保而不得不隨政治翩翩起舞。然而卡繆並不是要編寫一齣羅馬宮廷大戲，也未必單純為了彰顯愛國抗敵之心。從卡繆創作的歷程來看《卡里古拉》，便知劇本重點在於那些恆久不變的人生命題。

其中最關鍵者，便是自由的本質與邊界。卡里古拉掌握至高無上的權力，即便再瘋狂、再不合常理，但他本身就是律法與規範。對卡里古拉來說，意念之起就是結果所至，凡欲求者皆可實現。這豈不就是人生最大的自由和自在嗎？既不受外在規訓控制，又無須在心中自我約束——甚至所謂的「天理」都已蕩然無存，因為卡里古拉自己扮演神祇向民眾索求獻禮。看似荒誕不經，卻似乎說明人類有絕對的自由，足以僭越超自然的力量。劇中再三出現的關鍵詞之一是「不可能」。卡里古拉正是藉著追求或消解一切的「不可能」，突破所有界線，來證明人的意志終將使一切成為「可能」。不論這些「可能」是否符合世間運行的準則，而他必須絕對自由。

如果天理或神祇的存在，是為了維繫我們所認識的世界，穩定我們所信靠的秩序，那麼，隨著二十世紀歐洲兩次大戰的爆發，過去宗教在歐洲所提供的價值觀，究竟還能夠提供歷經浩劫的人類什麼樣的啟發？積極投入社會運動且在青年時代受進步思想影響的卡繆，或許並沒有直接在《卡里古拉》劇本裡否定宗教的價值，但毋寧是回歸到人的本體，從歷史發展、政治語言、人性欲望、藝術文學等等層面，試圖去重新界定人與人之間的關係。卡里古拉雖然殘暴，但他之所以有諸多瘋狂行徑，肇因於心愛之人的死去。若說他是因愛而瘋魔，骨子裡有點浪漫的氣質，似乎也不為過。否則，他就不會如此迷戀遙不可及的月亮（莫忘法語裡的「月亮」與「瘋狂」源於同一字根），也不會讓原本有意為父報仇的希皮翁為之信服，甚至深深著迷，因為只有卡里古拉讀得懂希皮翁的心，兩者不過是純粹至善與純粹至惡的一體兩面。其追求絕對的本質並無二致，只是一個用的是巧妙的政治權謀，一個用的是精緻的詩歌文學。相較之下，總是吃個不停的埃利恭，則只能停留在生物性的層面，雖然不直接參與政變以求趨吉避凶，但劇末終究要死於「無形之手」所持的匕首。

特別值得一提的是，擅長小說、評論與散文的卡繆，卻選擇使用戲劇形式來表現卡里古拉，藉由這位歷史人物來說明他對自由與意志的體會。劇中多次出現卡里古拉扮裝、演戲的情節，並且要求周遭人等與他一起參與演出，彷彿一場熱鬧的嘉年華會。尤有甚者，卡里古拉掌控全局，一手推動他所排定的情節，讓貴族與百姓只能聽其擺布。從劇場觀眾的角度來說，卡里古拉可說是真正的「導演」，其他角色都是被他操控的玩偶，是歷史大戲裡的一群傀儡。這或許呼應了世間的荒謬，究竟誰是那個操弄你我的卡里古拉？我們唯唯諾諾，自以為可以平安度日，卻又怎能確知統治者（可以是具體的某人，也可以是抽象的某個力量）突如其來的瘋狂，不會瞬間瓦解我們在人生舞台上所信以為真的秩序與穩定？

也許，只有意識到這一點，才能像《卡里古拉》劇終群起而攻的人們一樣，集體挺身而出，反抗「卡里古拉」所擬妥的劇本，將其送進歷史，打破今昔對看的鏡子，不讓歷史重演，讓你我身處的每一個今天得以自由重生。

《卡里古拉》的戲落幕了，但卡里古拉是否如他所言依然存活？燈暗的劇場舞台上，絕對的自由是浪漫的月光普照，抑或是使人墜入無限瘋狂的滿月？

卡繆的劇本用最詩意的方式，給了我們種種可能與不可能的答案。

卡里古拉

《卡里古拉》第一次搬上舞台是在一九四五年，在巴黎赫伯托劇院（Théâtre Hébertot）（由雅克·赫伯托〔Jacques Hébertot〕執掌），由保羅·奧特利（Paul Œttly）擔任導演，路易·米開（Louis Miquel）負責背景，瑪莉·維東（Marie Viton）負責服裝。

人物表

卡里古拉（Galigula）
謝索妮雅（Caesonia）
埃利恭（Hélicon）
希皮翁（Scipion）
謝黑亞（Cherea）
塞奈迪斯（Senectus），年老貴族
梅泰律斯（Metellus），貴族

勒畢居斯（Lepidus），貴族

奧克塔米烏斯（Octavius），貴族

帕提修斯（Patricius），總管

梅黑亞（Mereia）

穆修斯（Mucius）

第一侍衛

第二侍衛

第一僕人

第二僕人

第三僕人

穆修斯之妻

第一詩人

第二詩人

第三詩人
第四詩人
第五詩人
第六詩人

本劇場景是在卡里古拉的宮殿。

第一幕和接下來的三幕之間相隔了三年。

第一幕

第一場

貴族聚集在宮殿一個大廳中，其中一位貴族年事已高，大家都露出焦躁的樣子。

第一貴族：還是音訊全無。

年老貴族：早上也無音訊，晚上也無音訊。

第二貴族：已經三天沒消息了。

年老貴族：信使派出，信使回報，他們都搖著頭說：「沒有消息。」

第二貴族：郊外全找遍了，一點辦法都沒有。

第一貴族：何必提前擔心呢？我們且等著。他或許會如同他離開一樣，自己跑回來。

年老貴族：我看到他走出宮殿，他的眼神很怪異。

第一貴族：我也在場，我還問他怎麼回事。

第二貴族：他回答了嗎？

第一貴族：只回答了兩個字：「沒事」。

停頓。埃利恭上場，邊吃著洋蔥。

第二貴族：（依然焦躁）真讓人擔心。

第一貴族：算啦，年輕人都是這樣。

年老貴族：當然，年紀會抹去一切。

第二貴族：您覺得是這樣？

第一貴族：但願他會忘記。

年老貴族：當然！失去一個戀人會找回十個。

埃利恭：你們為什麼覺得是因為愛情呢？

第一貴族：要不然是什麼？

埃利恭：或許是肝病。或僅僅是每天看到你們很噁心。如果我們相處的人能夠偶爾換換嘴臉，會讓人容易接受得多。但是沒有，菜單一成不變。總是一樣的大雜燴。

年老貴族：我比較希望想成是因為愛情。這樣比較讓人感動。

埃利恭：尤其這樣比較讓人放心，讓人放心多了。這是種聰明人或笨蛋都逃不掉的病。

第一貴族：總而言之，幸好悲傷不是永久的。你們能悲痛超過一年的時間嗎？

第二貴族：我是不行。

第一貴族：沒有人能夠。

年老貴族：那怎麼能活。

第一貴族：你們看吧。瞧，去年我妻子過世，我哭得死去活來，然後就忘記了。偶爾會覺得傷痛，但總而言之，這並不算什麼。

年老貴族：大自然造物，各得其所。

埃利恭：但是我看著你們，就感覺大自然好像也有失誤的時候。

謝黑亞上場。

第一貴族：有消息嗎？

謝黑亞：還是沒有。

埃利恭：冷靜，先生們，冷靜。表面上總是要維持住吧。我們就代表羅馬帝國。倘若我們丟了顏面，帝國就群龍無首了。現在可不是這樣的時候，喔，絕對不是！首先，我們先去吃飯吧，我們吃飽，帝國也會更強健。

年老貴族：說得好，不應該捕風捉影。

謝黑亞：我不喜歡這樣的局面。不過，原來的一切都太理想了，我們這皇帝太完美了。

第二貴族：是啊，他就是我們要的人選：認真謹慎，而且沒有經驗。

第一貴族：不過，你們到底有什麼好難過的，又為什麼呢？沒有任何事令他不能繼續啊。他愛圖西菈，這我們知道。但老實說她是他親妹妹，和她上床就已經離經叛道，因為她死了而把羅馬搞得天翻地覆，這就超越尺度了。

謝黑亞：儘管如此，我不喜歡這樣的局面，他這次逃跑不是什麼好事。

年老貴族：是啊，無風不起浪。

第一貴族：總之，國體不能容忍一樁亂倫搞成像帝國悲劇。亂倫也就算了，總要低調點。

埃利恭：各位知道，亂倫這種事免不了總是會引起一些議論。床會嘎吱響，我大膽用這樣的說法。何況，誰跟你們說是因為圖西菈的緣故呢？

第二貴族：要不然會是什麼？

埃利恭：猜猜看。你們記住了，不幸就跟婚姻一樣。人們以為自己做了選擇，其實是被選擇，因此束手無策只能承受。我們的卡里古拉覺得不幸，但可能他自己都不知道為什麼！他應該是感到束手無策，才會逃走。要是我們，一定也是這樣做。喏，我可以告訴你們，倘若我能夠選擇父親的話，那我就不會降臨人世了。

希皮翁上場。

第二場

謝黑亞：怎麼樣？

希皮翁：還是沒消息。昨天夜裡，好像有農夫看到他，離這裡不遠處，在暴風雨中奔跑。

謝黑亞走回那群元老。希皮翁跟在他身後。

謝黑亞：已經三天了吧，希皮翁？

希皮翁：是的。我當時在場，像往常一樣跟在他身後。他走向圖西菈的屍體，用兩隻手指觸摸她。隨後他好像思考了一會兒，原地轉著圈子，然後就腳步平穩地走出去。之後呢，所有人就到處尋找他。

謝黑亞：　（搖著頭）這孩子太過喜愛文學了。
第二貴族：是他的年紀使然。
謝黑亞：　但不合他的身分。藝術家皇帝，這可不適合。我們也曾經有過一兩個。當然，哪裡都有害群之馬，但是他們都自愛地忠於職守。
第一貴族：那大家就能比較放鬆。
年老貴族：各自做好分內事。
希皮翁：　我們該怎麼做，謝黑亞？
謝黑亞：　什麼都不能做。
第二貴族：且等著吧。他若不回來，就必須找人替換。我們心知肚明，皇帝人選可不缺。
第一貴族：是不缺，缺的是帝王的性格。
謝黑亞：　如果他回來了，但狀況不好呢？
第一貴族：哎呀，他還是個孩子，我們會讓他恢復理智。

謝黑亞：　若是他不受教呢？

第一貴族：（笑）這個嘛，我以前不是寫過一篇關於政變的論述嗎？

謝黑亞：　當然，如果必要的話！但我還是比較喜歡大家讓我安安靜靜地看我的書。

希皮翁：　對不起，失陪了。

他下場。

謝希亞：　他不高興了。

年老貴族：他是個孩子。年輕人彼此心理上支持。

埃利恭：　不管支不支持，反正他們也都會老。

一名侍衛出現：「有人在宮殿花園裡看到卡里古拉。」

所有人都走出去。

第三場

舞台上有幾秒鐘空無一人。卡里古拉偷偷從左邊上場。他一臉迷惘，髒兮兮，頭髮濕漉漉，雙腿沾滿泥。他好幾次用手摀著嘴。他朝著鏡子走去，一看到鏡中自己的影像就停下。他口中咕噥著聽不清楚的話語，然後走向舞台右方坐下，雙臂垂落在張開的雙膝之間。埃利恭從左邊上場，一看到卡里古拉，就停在舞台最左端，靜靜地觀察他。卡里古拉轉過身，看到他。停頓。

第四場

埃利恭：（從舞台另一端說）你好，卡于斯[1]。

卡里古拉：（神態自然）你好，埃利恭。

沉默。

埃利恭：你似乎很累？

1 卡于斯（Caïus）是卡里古拉的本名（拉丁文全名為Gaius Julius Caesar Augustus Germanicus），卡里古拉是暱稱。卡里古拉原意是古羅馬人穿的綁帶涼鞋，這個暱稱來源不詳，有一說是他一天到晚穿著這種涼鞋，另一種說法是來自他幼兒時期隨其父屯駐日爾曼前線時士兵為他穿上的兒童款軍靴。譯註。

卡里古拉：我走了很久。

埃利恭：　是啊，你消失了很長一段時間。

沉默。

卡里古拉：很難找到啊。

埃利恭：　什麼呢？

卡里古拉：我要的東西。

埃利恭：　你要的是什麼？

卡里古拉：（依舊神態自然）月亮。

埃利恭：　什麼？

卡里古拉：嗯，我要月亮。

埃利恭：　啊！

沉默。埃利恭靠近卡里古拉。

做什麼用呢？

卡里古拉：這個嘛！……這是我所沒擁有的東西。

埃利恭：當然了。那現在呢，都解決了嗎？

卡里古拉：沒有，我沒能得到它。

埃利恭：這傷腦筋。

卡里古拉：是啊，所以我很累。

停頓。

卡里古拉：埃利恭！

埃利恭：　是，卡于斯。

卡里古拉：你認為我瘋了。

埃利恭：　你知道我永遠不會這麼想。我太聰明，不會有這樣的想法。

卡里古拉：是啊，正是！但是我沒瘋，甚至從沒這麼理智過。我只是突然之間感到一股對不可能之事的渴求。（停頓）我不滿意一切事物它們現在的樣子。

埃利恭：　這種想法相當常見。

卡里古拉：沒錯，但是我之前都不知道。現在，我知道了。（依舊自然）這個世界，就它目前的樣子，令人難以忍受。所以我需要月亮，或是幸福、永生不死，某種也許荒唐、但不屬於這個世界的東西。

埃利恭：　這個推論也站得住腳。不過，一般來說，無法推論到底。

卡里古拉：（站起來，但以同樣簡單明瞭的語調）你不會知道。就是因為不推論到底，所以什麼結果都得不到。或許只需要按照邏輯一路走到底。

他看著埃利恭。

我也知道你在想什麼。不過就是一個女人死了嘛，搞出那麼多事端！不，不是這樣。沒錯，我記得幾天前我愛的一個女人死了。但是愛情是什麼呢？真的不算什麼。她的死毫無輕重，我跟你保證；它只是彰顯了我必須得到月亮的事實。這是個簡單而明顯的事實，有點蠢，但是難以發現，並且非常沉重。

埃利恭：這個事實是什麼呢，卡于斯？

卡里古拉：（轉過身，以平淡的語調說）人會死，而且他們並不幸福。

埃利恭：（停頓一下）好了啦，卡于斯，這個事實我們能與之共存。看看你四周，這並沒有妨礙他們吃午餐。

卡里古拉：（爆發）那就是說，在我周身的一切都是謊言，我呢，我想活在真實之中！而且恰好，我有能力讓他們活在真實之中。因為我知道他們缺的是什麼，埃利恭。他們缺乏認知，缺乏一個知道自己在說什麼的導師。

埃利恭：你先別生氣我接著要跟你說的話，卡于斯。但是你應該先休息一下。

卡里古拉：（坐下，輕聲地說）這不可能了，埃利恭，自此永遠不再可能休息了。

埃利恭：又是為什麼呢？

卡里古拉：如果我睡著了，誰給我月亮呢？

埃利恭：（沉默一下）這倒是真的。

卡里古拉勉力地站起來。

卡里古拉：聽好了，埃利恭。我聽到腳步聲和說話聲。保守祕密，忘記你曾看到我。

埃利恭：我了解。

卡里古拉走向出口。轉過身。

卡里古拉：而且，麻煩你，從今而後要幫助我。

埃利恭：我沒有理由不幫助你，卡于斯。但是我知道的事很多，讓我感興趣的事卻很少。我能幫助你什麼呢？

卡里古拉：幫我做到不可能的事。

埃利恭：我盡我所能。

卡里古拉下場。希皮翁和謝索妮雅快步走進來。

第五場

希皮翁：沒有人。你沒看見他嗎，埃利恭？

埃利恭：沒有。

謝索妮雅：埃利恭，他逃走前真的什麼都沒說嗎？

埃利恭：我不是他的心腹，我是他的觀眾，這樣比較明智。

謝索妮雅：求求你。

埃利恭：親愛的謝索妮雅，卡于斯是個理想主義者，所有人都知道。這也就是說他還沒看透。但我看透了，因此我什麼都不管。如果卡于斯開始醒悟，以他年輕善良之心，一定會和我相反，什麼都管。那麼天知道會讓我們多煩惱。不過恕我告退，午餐時間到了！

他下場。

第六場

謝索妮雅疲倦地坐下。

謝索妮雅：一名侍衛看到他走過。不過整個羅馬到處都有人說看到卡里古拉，而卡里古拉，他的確眼裡只有自己的想法。

希皮翁：什麼想法？

謝索妮雅：我怎麼會知道呢，希皮翁？

希皮翁：是圖西菈嗎？

謝索妮雅：誰知道呢？沒錯他愛她。沒錯，今日親眼見到昨日還摟在懷裡的人死去，確實是個打擊。

希皮翁：（膽怯地）那妳呢？

謝索妮雅：喔！我啊，我是他的老情婦。

希皮翁：謝索妮雅，必須拯救他。

謝索妮雅：所以你喜歡他囉？

希皮翁：我喜歡他。他待我很好。他鼓勵我，他說的一些話我都能背出來。他跟我說人生不容易，但是有宗教、藝術、別人對我們的愛。他常說讓別人受苦就是欺騙自己唯一的作法。他要做一個正義的人。

謝索妮雅：（站起身）他是個孩子。

她走到鏡子前端詳著自己。

我向來唯一的神就是我的身體，而今天我想祈禱的就是這個神，請祂把卡于斯還給我。

卡里古拉上場。看見謝索妮雅和希皮翁，遲疑並向後退。同一時間，一群貴族和宮殿總管從舞台另一邊上場。他們停下腳步，驚訝不已，謝索妮雅轉過身，她和希皮翁朝卡里古拉跑去，卡里古拉做個手勢制止。

第七場

總管：（不太有把握的聲音）我們……我們一直在找您，皇上。

卡里古拉：（簡潔並改換語調）我知道。

總管：我們……就是說……

卡里古拉：（粗暴地）你們要什麼？

總管：我們擔心，皇上。

卡里古拉：（往前朝他走去）你們憑什麼？

總管：啊！呃……（突然找到靈感，快速地說）總之，再怎麼說，你知道關於國庫有幾個問題需要解決。

卡里古拉：（哈哈笑無法停止）國庫？沒錯，瞧瞧，國庫，最重要的事。

總管：當然，皇上。

卡里古拉：（依舊笑個不停，對著謝索妮雅說）可不是嗎，我親愛的，國庫很重要？

謝索妮雅：不，卡里古拉，這是次要的問題。

卡里古拉：那是因為妳不懂。國庫是重大的利益。其中每一項都很重要：財政、公眾道德、對外政策、軍備、土地法令！我告訴妳，一切都極其重要。羅馬帝國的輝煌和妳的關節炎都同等重要。啊！我會處理這一切。你聽著，總管。

總管：我們在聽……

貴族們都走上前來。

卡里古拉：你對我忠心耿耿，不是嗎？

總管：（責備語氣）皇上！

卡里古拉：那麼，我有個計畫交代給你。我們要用兩個階段顛覆政治經濟。我會解釋給你聽……等貴族們都出去之後。

貴族們下場。

第八場

卡里古拉在謝索妮雅身旁坐下。

卡里古拉：聽好了。第一階段：所有貴族、帝國裡所有擁有財產的人——不管財產多寡，都一視同仁——都必須放棄讓子嗣繼承，立即立遺囑將財產留給國家。

總管：但是，皇上……

卡里古拉：我還沒讓你講話。根據我們的需要，就在隨機訂定的名單上挑幾個人處決。按照情況，也可以隨機更改名冊上的次序。我們就可繼承他們的財產。

謝索妮雅：（抽開身）你這是怎麼了？

卡里古拉：（毫無所動）處決的次序其實也無關緊要。或者說，先殺這個或殺那個都一樣，次序就變得不重要了。反正他們一個個都同樣該殺。要知道，直接搜括市民的錢，並不會比間接轉加稅金到市民無法避免的生活必需品上更沒道德。執政，就是搜括，大家都清楚這一點。但是盜亦有道，我呢，我要光明正大地盜。這和你們小偷小盜的方式不同。（粗暴地對總管說）你立即去執行命令。今夜之前，羅馬市民要全數簽好遺囑，所有外省最慢一個月內要執行完畢。派出信使到各地。

總管：皇上，你沒意識到……

卡里古拉：好好聽我說，蠢蛋。倘若國庫很重要，那人的性命就不重要。這很清楚。所有抱著和你一樣想法的人，都應該接受這個推論，並視自己的生命毫無價值，因為他們覺得金錢是一切。總之，我決定按照邏輯來，因為大權掌握在我手中，你們會見識到邏輯會讓你們付出何等代價。我會殲滅自相矛盾的人和一切矛盾。如果有必要的話，我會先從你開始。

總管：皇上，我的誠意決心不是問題，我跟你保證。

卡里古拉：我的誠意決心也不是問題，你大可相信。我願意採納你的意見，把國庫當作一個值得深思的議題，這就是個明證。總之，你該感謝我，因為我加入你的遊戲，拿你的牌來打。（停頓，之後平靜地說）再說，我的計畫簡單明瞭，高超至極，堵住悠悠眾口。限你在三秒鐘之內從我眼前消失。我開始數：一秒……

總管消失不見。

第九場

謝索妮雅：我幾乎不認識你了！你這是在開玩笑，不是嗎？
卡里古拉：不盡然，謝索妮雅。我這是在教導。
希皮翁：　這不可能，卡于斯！
卡里古拉：就是因為如此！
希皮翁：　我不懂你。
卡里古拉：就是因為如此！就是因為不可能，或者說，把「不可能」變成「可能」。
希皮翁：　但這是個無限度的遊戲。是瘋子的玩法。
卡里古拉：不，希皮翁，這是皇帝的效能。（他疲倦地朝後仰）我終於明白了權力的用處。權力能讓「不可能」有機會變成「可能」。從今而後，自由再無邊際。

謝索妮雅：（悲傷地）我不知道是否該因此而歡喜，卡于斯。

卡里古拉：我也不知道，但我認為應該經歷一下。

謝黑亞上場。

第十場

謝黑亞：我聽說你回來了。我祝福你身體健康。

卡里古拉：我的健康謝謝你的祝福。（停頓了一下突然說）你走吧，謝黑亞，我不想看到你。

謝黑亞：這話令我驚訝，卡于斯。

卡里古拉：不必驚訝。我不喜歡文人，受不了他們的謊言。他們說話是為了不聽自己所說的。如果他們聆聽自己所說的話，就會明白他們一無是處，就再也不能張口說話。走吧，到此為止，我厭惡謊言。

謝黑亞：就算我們說謊，也往往是因為不知道那是謊言。我不認罪。

卡里古拉：謊言從來不是天真的。你們的謊言對人對事都起了重大作用。這是我無法原諒你們的原因。

謝黑亞：　然而，如果要在這世上生存，就必須為這個世界辯護。

卡里古拉：不必辯護，訴訟已進入審查。這個世界並無重要性，領悟這一點的人便能獲得自由。（他站起來）正因如此，我厭惡你們，因為你們不自由。整個羅馬帝國裡，只有我一個人是自由的。感到慶幸吧，終於有個皇帝教導你們自由之道。走吧，謝黑亞，你也是，希皮翁，友誼令我啼笑皆非。去對羅馬人宣告自由終於還給他們，隨之而來的，將是一次重大考驗。

他們下場。卡里古拉把頭扭向一邊。

第十一場

謝索妮雅：你哭了？

卡里古拉：是的，謝索妮雅。

謝索妮雅：但是，到底有什麼改變了？就算你真的愛圖西菈，你同時也愛過我，和其他很多人。她的死不足以讓你三天三夜流放鄉野，回來時又帶著這副敵視的面孔。

卡里古拉：（轉過身來）誰跟妳說到圖西菈了，神經病。妳無法想像一個男人為了愛情之外的事哭泣嗎？

謝索妮雅：對不起，卡于斯。但是，我想要弄明白。

卡里古拉：男人哭泣是因為事物不是應有的樣子。（她朝他走過來）別過來，謝索妮雅。（她往後退）但是留在我身邊。

謝索妮雅：我會按照你所願去做。（她坐下）以我這個年紀，知道人生並不美好。但是世上本就存在著痛苦，為什麼還要再往上添加痛苦呢？

卡里古拉：妳不會懂。又有什麼關係呢！我或許能擺脫這一切。但我感到無名的東西在我體內往上竄冒，我該怎麼對付它們呢？（他轉身面對她）喔，謝索妮雅，我早就知道人可能會絕望，但我並不懂這個字真正的意義。我和所有人一樣，以為這是個心病。然而不是，是肉體的痛苦。我的皮膚、胸口、四肢都痛。我腦袋空洞，想吐。最恐怖的是嘴裡的味道。不是血腥、不是死亡、不是發熱，而是它們整個混在一起。我只要翻攪一下舌頭，一切變成黑色，所有的人都令我噁心厭惡。要成為一個男人多麼困難、多麼苦澀啊！

謝索妮雅：你得睡覺，睡一大覺，什麼都不管，不再思考。我會守候你的睡眠。當你醒來時，又會發現這世界的滋味。那時你就可以運用自己的權力，更好地去愛那些還值得愛的事物。「可能的」那些事物也應當保有這個機會。

卡里古拉：但這必須睡眠，必須放任自己。這是不可能的。

謝索妮雅：疲倦到了極點才會這麼想。時間到了，就會找回那隻強勁的手。

卡里古拉：但必須知道這隻手要擺在哪裡。就算有了這隻強勁的手，若是我不能改變事物的規律，不能讓太陽在東方落下，不能減少痛苦，不能讓人再也不死亡，我這驚人的權力又有何用？不，謝索妮雅，若是我對這世界的規律起不了作用，睡著或是醒著毫無差別。

謝索妮雅：但這是想和眾神平起平坐，沒有比這更瘋狂的念頭了。

卡里古拉：妳也認為我瘋了。然而，神是什麼呢，我為何要和祂平起平坐？今日，我盡全力要的是超越神明之上。我掌管一個王國，在這裡，「不可能的」為王。

謝索妮雅：你不能讓天不是天，美麗的臉孔變醜陋，人心變麻木。

卡里古拉：（愈來愈激昂）我要讓天空和大海攪在一起，讓醜和美混在一起，讓痛苦發出歡笑。

謝索妮雅：（站在他面前，哀求說）世上有好有壞，有偉大和卑劣，有正義和不正義。我保證這一切都不會改變。

卡里古拉：（還是愈來愈激昂）我的決心就是要改變這一切。我要將平等獻給這個世紀。當這一切都被抹平了，「不可能」便能存在世上，月亮便會到我手中。那麼，或許我也會轉變，世界也會轉變，那麼，人終將不再死亡，會很幸福。

謝索妮雅：（叫喊）你不能否定愛情。

卡里古拉：（爆發，語氣充滿憤怒）愛情，謝索妮雅！（他抓著她的兩肩搖晃）我懂了愛情根本不算什麼。那傢伙說的有理：國庫！妳很清楚聽到他說的，不是嗎？一切就從這開始。啊！現在我終於要活了！活，謝索妮雅，活，就是愛的相反。現在是我告訴妳，並且邀請妳參加一場毫無節制的慶典，參加一場全面訴訟，觀賞最精采的一場演出。我需要人群，需要觀眾，需要受害者和罪人。

他奔向那面大鑼，開始敲，不停地敲，愈敲愈急。

繼續敲著鑼。

讓罪人上場。我需要罪人。他們全都有罪。（一直敲著鑼）我要被判死刑的罪犯上來。觀眾上場，我要有觀眾！法官、證人、被告，所有人在審理前就統統先定罪！啊！謝索妮雅，我要讓他們瞧瞧前所未見的，看看這個帝國唯一自由的人！

鑼聲之中，宮殿裡漸漸充斥著嗡嗡人聲，愈來愈大聲且愈靠近。說話聲、武器撞擊聲、腳步聲和雜沓聲。卡里古拉哈哈大笑，依舊不停敲著鑼。侍衛們走進來，又隨即出去。

依舊敲著鑼。

妳呢，謝索妮雅，妳要聽從我的命令。妳要自始至終幫助我。這會是一場好戲。發誓妳會幫助我，謝索妮雅。

謝索妮雅：（不知如何是好，在間隔的兩記鑼聲之間說）我用不著發誓，因為我愛你。

卡里古拉：（繼續敲著鑼）我說什麼妳都會照做？

謝索妮雅：（同樣不知如何是好，在間隔的兩記鑼聲之間說）我都會照做。卡里古拉，停手吧。

卡里古拉：（繼續敲）妳會殘酷無情。

謝索妮雅：（哭出來）殘酷無情。

卡里古拉：（繼續敲）冷酷且不為任何所動。

謝索妮雅：不為任何所動。

卡里古拉：（繼續敲）妳也會因此而痛苦。

謝索妮雅：是的，卡里古拉，但我會發瘋。

貴族們上場，個個瞠目結舌，宮廷侍從和他們一起上場。卡里古拉敲了最後一記鑼，舉起鑼槌，轉過身面對他們，召喚他們。

卡里古拉：（瘋狂失常）你們都過來。靠上前來。我命令你們上前來。（他跺腳）是皇帝命令你們上前來。（所有人都往前，充滿驚恐）快點過來。現在，謝索妮雅也靠上前。

他牽著她的手，把她帶到鏡子前，舉起鑼槌狂亂地敲，抹去鏡面上的影像。他笑。

妳看，什麼都沒有了。再也沒有回憶，所有的臉孔都逃遁了！沒有，什麼都沒有了。妳知道只剩下什麼嗎？再靠近一點。妳看。大家都靠上前來，看。

他挺立在鏡子前，模樣瘋狂。

謝索妮雅：（驚恐地看著鏡子）卡里古拉！

卡里古拉轉換聲調，手指放在鏡面上，突然緊盯著手指，以勝利的語氣說：

卡里古拉：卡里古拉。

落幕。

第二幕

第一場

貴族們聚在謝黑亞住處。

第一貴族：他侮辱我們的尊嚴。
穆修斯：　三年以來都是！
第一貴族：他還叫我小女人！他讓我出醜。去死吧！
穆修斯：　三年以來都是！
第一貴族：他每天晚上到郊外散心，讓我們跟在他轎子旁邊跑！
第二貴族：還跟我們說跑步有益健康。
穆修斯：　三年以來都是！

年老貴族：這不可原諒。

第三貴族：不行，我們無法原諒。

第一貴族：帕提修斯，他把你的財產充公了；希皮翁，他殺了你父親；奧克塔米烏斯，他擄走你妻子，現在讓她在妓院接客；勒畢居斯，他殺了你的兒子。你們要忍受這些嗎？至於我，我已經做了選擇。介於可能冒的風險，和這擔驚受怕又束手無策的難忍生活之間，我沒有什麼好猶豫的。

希皮翁：他殺了我父親，就是已經替我做了選擇。

第一貴族：你們還在猶豫嗎？

第三貴族：我們和你站在一起。他把我們在競技場的座位讓給了人民，逼著我們和平民搶位子，以便好好懲罰我們。

年老貴族：他是個懦夫。

第二貴族：厚顏無恥。

第三貴族：裝腔作勢。

年老貴族：無能。

第四貴族：三年以來都是！

一片混亂。幾把武器揮舉起。一根火炬掉到地上。一張桌子被掀翻。所有人都擠向出口。此時謝黑亞走進來，神情冷漠，制止了這一波亂象。

第二場

謝黑亞：　你們這是跑向哪裡？
第三貴族：去皇宮。
謝黑亞：　我懂了。但是你們以為會讓你們進去嗎？
第一貴族：用不著請求允許。
謝黑亞：　突然間你們倒是強硬起來了！既然這是我家，我至少可以坐下來吧？

有人把門關上。謝黑亞走向翻倒的桌子，坐在桌邊一角，所有人都轉身朝向他。

謝黑亞：　這不像你們以為的那麼容易，我的朋友們。你們感受的恐懼，並不足以支撐你們的勇氣和冷靜。這一切都操之過急。

第三貴族：如果你不站在我們這一邊，那就走吧，但要管好你的嘴。

謝黑亞：　我覺得我是站在你們這一邊的。只不過原因不同。

第三貴族：不必再長篇大論了！

謝黑亞：　（挺直上身）是啊，不必再長篇大論了。我要把事情說清楚。因為就算我站在你們這一邊，也不表示贊同你們。這就是我為什麼認為你們的方法不好的原因。你們沒有認清真正的敵人，只是在枝節上做文章。敵人的動機強大，你們勢必會失敗。首先要懂得看清他到底是什麼樣的人，才能夠有效地打敗他。

第三貴族：我們已看清他是什麼樣的人，所有暴君中最瘋狂的一個！

謝黑亞：　這倒不見得。瘋狂的皇帝我們見識過，但這一位不夠瘋。我最厭惡他的一點，就是他知道他要的是什麼。

第一貴族：他要我們所有人死。

謝黑亞：不，這是其次。他把權力運用在更高超、殺傷力更強的理念上面，他威脅的是我們最深沉的東西。當然，在我們這個帝國，這不是第一次有人擁有無限的權力，但這是第一次他無限制地運用這個權力，直至否定人和世界。這是他令我駭然的地方，所以我要制止。失去生命是小事，必要時我有這個勇氣。但是坐視生命的意義一點一點消散，我們存在的理由消逝，這是無法忍受的。我們不能毫無理由地活著。

第一貴族：復仇就是個理由。

謝黑亞：沒錯，而且我也贊同這個理由。不過你們要明白，我不是因為你們那些無關緊要的羞辱和你們站在一起，而是為了對抗一個遠大的思想，那種思想若是成真，就是世界末日。我能容許你們被耍得團團轉，但我不能接受卡里古拉做他夢想要做的事、所有他夢想要做的事。他的哲學想法將造成死傷，然而很不幸的，對我們來說這哲學想法我們無從反對。無從反駁的時候，就必須採取行動。

第三貴族：那麼，必須行動。

謝黑亞：必須行動。但是他那股不正義的威力正在巔峰，正面衝突是無法摧毀的。暴政是能推翻的，但是要對付漠不關心的邪惡，要有手段。必須推波助瀾這暴政，靜待這邏輯走到瘋狂的程度。我再說一遍，我在這裡講的是老實話，我只跟你們是一時的戰友。之後，我就不再為你們任何的利益效勞，我只期盼重回一個太平的和諧世界。我之所以行動，不是出於野心，而是理性的擔憂，擔心在他那非人性的激情之下，我的生命將不具意義。

第一貴族：（走上前）我想我懂，或者差不多懂了。基本上你也和我們一樣，認為我們的社會基礎動搖了。對我們來說——你們各位不也認為是這樣嗎——這最主要是道德問題。家庭基礎撼動了，對勞動的尊敬喪失了，整個國家遭到褻瀆。美德在向我們呼救，難道我們要充耳不聞嗎？各位謀反者，貴族們被迫每天晚上跟著皇帝的轎子跑，難道你們能接受嗎？

年老貴族：你們能容許他叫貴族「我親愛的美人兒」嗎？

第三貴族：能坐視他擄走貴族的妻子嗎？

第二貴族：以及他們的孩子？

穆修斯：以及他們的錢財？

第五貴族：不！

第一貴族：謝黑亞，你說的很對。勸我們冷靜下來也很對。現在行動還太早：廣大人民今日還可能反對我們。你要和我們一起等候終結的時刻嗎？

謝黑亞：好。我們就讓卡里古拉繼續下去。我們反而要推動他朝這個方向，籌畫他的瘋狂。直到他獨自面對一個遍地死者與死者家屬的帝國的那一天。

一片嘈雜聲。外面傳來軍號聲。一陣沉寂。之後，大家一張張嘴都說著一個名字：卡里古拉。

第三場

卡里古拉和謝索妮雅上場，身後跟著埃利恭和幾名兵士。一整場無人說話。卡里古拉停下腳步，看著那些謀反者。他沉默地從他們前面一一走過，調整其中一個的環扣，退後一步端詳其中另一個，再次掃視他們，一隻手抹過雙眼，然後走出，一言未發。

第四場

謝索妮雅：（指著一室凌亂，諷刺地說）你們打了一架？

謝黑亞：我們打了一架。

謝索妮雅：（依舊諷刺地說）你們為什麼打架？

謝黑亞：我們打架不為了什麼。

謝索妮雅：那就不是真的。

謝黑亞：什麼不是真的？

謝索妮雅：你們並沒有打架。

謝黑亞：好吧，我們沒有打架。

謝索妮雅：（微笑）或許該把這地方收拾一下。卡里古拉厭惡凌亂。

埃利恭：（對年老貴族說）你們終究令他露出了真正的性格，這個男人！

年老貴族：我們究竟對他做了什麼呢？

埃利恭：正是什麼都沒做。如此毫無輕重，久了當然難以忍受。你們站在卡里古拉的立場想想吧。（停頓）當然啦，你們也起了一些謀反之心，不是嗎？

年老貴族：哪有，當然沒有。他以為有什麼嗎？

埃利恭：他沒有以為，他知道。但我猜想其實他也有點期待這樣。來吧，我們幫著一起收拾這一地亂七八糟。

眾人忙著收拾。卡里古拉走進來，觀察著這一切。

第五場

卡里古拉：（對年老貴族說）日安，我親愛的美人兒。（對其他人說）謝黑亞，我決定來你家吃飯。穆修斯，我擅自邀請了你妻子一同前來。

總管拍拍手掌。一名奴隸進來，但卡里古拉讓他停下。

等一下！各位先生，你們知道國家財政之所以還能夠維持，是因為因循苟且能撐就撐。從昨天開始，因循苟且也都撐不下去了，因此我只能痛心地進行必要的人員縮減。我確信你們崇尚犧牲的精神，所以我決定減少皇室排場開支，解放幾名奴隸，由你們來服侍我。你們可以擺桌子服侍用餐了。

貴族元老們面面相覷，猶豫著。

埃利恭：來吧，先生們，有點誠意吧。況且你們會發現，在社會階層的階梯上，往下走比往上爬來得容易。

貴族元老們猶豫地開始動起來。

卡里古拉：（對謝索妮雅說）對懶惰奴隸的處罰是什麼？

謝索妮雅：好像是抽鞭子。

貴族元老們加快動作，開始笨手笨腳地擺桌子。

卡里古拉：喂，多用點心！尤其要講求方法，方法！（對埃利恭說）我覺得他們好像手都廢掉了。

埃利恭：其實他們從來就沒有手，要不然就只是用來鞭打或下指令。要有點耐心就是了。成就一個貴族元老只需要一天，訓練一個勞動者需要十年。

卡里古拉：我擔心要訓練一個貴族元老成為勞動者，需要二十年的時間。

埃利恭：但是他們還是做得到的。依我所見，他們懷有這個使命！奴役工作很適合他們。（一個貴族元老擦擦汗）你瞧，他們甚至開始流汗了，這是第一步。

卡里古拉：好吧，別要求太高，這樣已經不錯了。再說，就算只是片刻的正義，擁有它還是挺好的。說到正義，我們得趕快：還有一場死刑處決等著我呢。啊！胡菲斯運氣真好，剛好我現在肚子餓了。（祕密地）胡菲斯是將被處死的那個騎士。（停頓）你們不問我他為何被處死刑嗎？

眾人一陣沉默。此時奴隸們端上餐肴。

卡里古拉心情愉悅。

是啊，我看你們變聰明了。（他嚼著一顆橄欖）你們終於明白，不必做什麼就可以被殺死。士兵們，我對你們很滿意。不是嗎，埃利恭？

他停止嚼橄欖，帶著戲謔的神情看著共餐的貴族們。

埃利恭：當然！多麼強健的軍隊！但如果你問我的看法，我認為他們現在太過聰明，不會再想戰鬥了。倘若他們繼續進步下去，帝國就垮了！

卡里古拉：好極了！那我們就可以休息了。這麼吧，我們隨便坐，不必繁文縟節。那個胡菲斯的運氣還真好，而且我相信他並不喜歡這小小的延遲。然而，從死神手上贏得幾個鐘頭，這是極其珍貴的。

他吃著，其他人也吃著。顯而易見卡里古拉餐桌禮儀很差，隨意把橄欖核丟到左右鄰座的餐盤裡，肉的殘渣吐到盤子裡，用指甲剔牙，又狂亂地搔著頭。一餐飯當中，他輕鬆自然地做了那麼多壯舉。但他突然停止，盯著共餐的勒畢居斯，緊緊盯著看。粗暴地說：

你看起來心情很壞。莫非是因為我命人殺了你兒子？

勒畢居斯：（喉頭一緊）才沒有，卡于斯，剛好相反。

卡里古拉：（笑逐顏開）剛好相反！啊！我多麼喜歡這張違背內心焦慮的臉。

你一臉愁容，但是你的心呢？剛好相反，是這樣嗎，勒畢居斯？

勒畢居斯：（下定決心）正好相反，皇上。

卡里古拉：（愈來愈開心）啊！勒畢居斯，你是我最珍貴的人。讓我們一起笑吧，好嗎？同時講幾個好笑的故事來聽聽。

勒畢居斯：（一下子洩了氣）卡于斯！

卡里古拉：好吧，好吧。那就由我來講好笑的故事囉。但是你一定會笑，不是嗎，勒畢居斯？（眼神陰險）哪怕是為了你的第二個兒子。（又笑逐顏開）何況，你心情並沒有不好。（他喝著酒，導引著說）正好……正好……說吧，勒畢居斯。

勒畢居斯：（頹喪地）正好相反，卡于斯。

卡里古拉：那太好了！（他喝著酒）現在你聽好。（做夢般）從前從前，有個可憐的皇帝，都沒有人喜歡他。他呢，他愛著勒畢居斯，為了解除心頭這份愛，就命人把他最小的兒子殺了。（轉換口氣）當然，這不是真的。很好笑，不是嗎？你不笑？都沒有人笑？大家聽好了。（大發脾氣）我要所有人笑。你，勒畢居斯，以及所有其他人。站起來，笑。（他拍著桌子）我要，你們聽到了嗎，我要看到你們笑。

大家都站起來。這一整場，除了卡里古拉和謝索妮雅之外，其他角色都可以像玩偶傀儡一般演出。

卡里古拉往後倒在他的床上，樂不可支，笑得無法停止。

哇，妳看他們，謝索妮雅。一切都不對勁了。誠實正直、德高望重、群眾觀感、民族智慧，這些都沒意義了。面對恐懼，一切都消失了。恐懼啊，謝索妮雅，這美好的情感，不攙雜質，純淨且無私，是罕見出自肚腸的高貴情感。（他用手抹抹額頭，再喝酒。以友好的語氣說）現在，談點別的吧。咦，謝黑亞，你倒是挺安靜的。

謝黑亞：只要你允許，卡于斯，我正準備說話。

卡里古拉：好極了。那你就住嘴吧。我倒是想聽我們的朋友穆修斯說說話。

穆修斯：（不得已的）謹聽吩咐，卡于斯。

卡里古拉：那麼，跟我們說說你妻子吧。首先，讓她到我左手邊來。

穆修斯的妻子上前到卡里古拉旁邊。

那麼！穆修斯，我們等著聽你說。

穆修斯：（有點不知所措）我妻子啊，我愛她。

眾人笑。

卡里古拉：當然，我的朋友，當然。但這了無新意！

穆修斯的妻子坐在他身邊，他不經意地用舌頭舔著她的左肩。舔得愈來愈愜意。

其實，剛才我進來的時候，你們正在密謀，不是嗎？想要策動小小謀反，嗯？

年老貴族：卡于斯，你怎能這麼以為？……

卡里古拉：一點都不重要，我的美人兒。人老了難免就會這樣。一點都不重要，真的。你們幹不出什麼勇敢的行動。我突然想到還有幾件國事要處理，但是在此之前呢，要先滿足大自然賦予的狂熱欲望。

他站起身，拉著穆修斯的妻子到旁邊房間裡。

第六場

穆修斯狀似要站起。

謝索妮雅：（親切地）喔！穆修斯，我想再喝點這香醇的葡萄酒。

穆修斯壓抑下來，沉默地幫她斟酒。一陣尷尬。大家拉拉座椅發出響聲。接下來的對話都顯得拘泥不自然。

謝索妮雅：所以呢！謝黑亞，你現在可以告訴我你們剛才為什麼打架了嗎？

謝黑亞：（冷冷地）親愛的謝索妮雅，一切都來自於我們的討論，我們想釐清詩是否該用來殺人。

謝索妮雅：真是饒有趣味。然而這超過我一個女人家的理解能力。不過你們對藝術如此熱情，還到了大打出手的程度，真令我讚嘆。

謝黑亞：（冷冷地）的確。但是卡里古拉跟我說過，深沉的熱情必然帶著些許殘酷。

埃利恭：愛情也必然帶著一絲侵犯。

謝索妮雅：（邊吃著飯）這見解倒也有真實的地方。你們各位不認為嗎？

年老貴族：卡里古拉是個真知灼見的心理學家。

第一貴族：他曾口若懸河跟我們談到勇氣。

第二貴族：他應該把他所有的想法簡述下來，這將是無價之寶。

謝黑亞：何況這還能讓他有點事做，因為他顯然需要一些消遣。

謝索妮雅：（繼續吃著飯）你們如果知道他想過這一點，而且現在正在撰寫一大部論著，必定非常欣喜。

第七場

卡里古拉和穆修斯的妻子走進來。

卡里古拉：穆修斯，我把你妻子還給你。她會和你復合。請各位見諒，我還有幾個指令要交代。

他快步走出。穆修斯一臉慘白，站起身來。

第八場

謝索妮雅：（對站著的穆修斯說）這部大論著將會媲美其他最有名的作品，穆修斯，這是無庸置疑的。

穆修斯：（依舊盯著卡里古拉出去的那扇門）這部論述在寫什麼呢，謝索妮雅？

謝索妮雅：（漠然的）喔！這超過我的理解範圍。

謝黑亞：所以我想是論述詩的殺人能力囉。

謝索妮雅：我想，剛好是這個。

年老貴族：（高興地）那麼，這讓他有點事做，誠如謝黑亞所言。

謝索妮雅：是啊，我的美人兒。但是無疑這本書的書名會令你們不快。

謝黑亞：書名是？

謝索妮雅：《利劍》。

第九場

卡里古拉快步走進來。

卡里古拉：各位請原諒，國事也是不可耽擱的。總管，你命人關閉公共糧倉。我剛剛簽署了政令，你到我房間就會看到。

總管：　但是……

卡里古拉：明天就會鬧饑荒。

總管：　但人民會怨聲載道。

卡里古拉：（強烈而明確地）我說了，明天會鬧饑荒。所有人都知道饑荒是一場災禍。明天就會有一場災禍……看我什麼時候高興就終結這場災禍。（他對眾人解釋）畢竟，我能證明自己的自由的方式並不多。人要自由，總是要犧牲其他人，這真討厭，但也是正常的。（瞥了穆修斯一眼）把這個想法運用在妒忌上，你們就懂了。（想得出神）無論如何，妒忌真是醜陋啊！因虛榮心和想像而受苦！看著自己的妻子……

穆修斯握緊雙拳，張嘴要說話。

卡里古拉很快接著說：

我們繼續用餐，先生們。你們知道我和埃利恭正努力工作嗎？我們正在研擬一本關於處決的小論著，你們可以提供我們意見。

埃利恭：如果我們詢問你們意見的話。

卡里古拉：大氣一點，埃利恭！把我們的小祕密透露給他們聽吧。來吧，第三節，第一段。

埃利恭：（站起來，機械式地背誦）「處決能減輕痛苦，令人解脫。它是普世之道，在宗旨與執行上都振奮人心且公正公平。之所以被處決是因為有罪。有罪是因為身為卡里古拉的子民。然而，所有人都是卡里古拉的子民。因此，所有人都有罪。結論就是人人都該死。只不過時間早晚和耐心問題。」

卡里古拉：（笑）你們覺得如何？耐心，嗯，這是個新發現！我告訴你們一件事：我最欣賞你們的地方就是耐心。

現在，先生們，你們可以退下了。謝黑亞家不需要你們了。不過，謝索妮雅留下！還有勒畢居斯和奧克塔米烏斯！梅黑亞也留下。我想跟你們討論我的妓院的編制，這讓我很頭大。

其他人緩緩走出。卡里古拉目視著穆修斯走出。

第十場

謝黑亞：　謹聽吩咐，卡于斯。妓院怎麼了？從業人員不佳？

卡里古拉：不是，但營收不好。

梅黑亞：　那就得提高收費。

卡里古拉：梅黑亞，你剛剛失去了一個閉嘴的機會。依你的年紀，這些問題與你無關，我也沒有問你意見。

梅黑亞：　那你為何要我留下？

卡里古拉：那是因為，待會兒我會需要一個不帶感情的意見。

梅黑亞退到一邊。

謝黑亞：　卡于斯，倘若我能充滿感情的談論這事，我的建議是不應該提高收費。

卡里古拉：那是當然啦，還用說。但是要提升營業額。我已經把我的計畫解釋給謝索妮雅聽，由她跟你們說明。我呢，酒喝多了，開始有點睏了。

他躺下，閉上眼睛。

謝索妮雅：計畫非常簡單。卡里古拉發明了一種新的勳章。

謝黑亞：　我不明白這有什麼關聯。

謝索妮雅：然而其中是有關聯的。這個勳章表彰榮譽公民，光顧卡里古拉的妓院次數愈多的公民就能獲得這個榮譽。

謝黑亞：　令人耳目一新。

謝索妮雅：我也這麼覺得。我還忘了說，在查核光顧次數之後，每月頒發一次勳章，連續十二個月沒獲頒勳章的公民就要被流放或是處決。

第三貴族：為什麼是「或是處決」？

謝索妮雅：因為卡里古拉說這沒差，重點只是他能夠有所選擇。

謝黑亞：太好了！國庫如今又會有資金挹注。

埃利恭：而且始終以非常道德的方式，這一點請你們特別注意。總而言之，最好是對邪惡收費，而非像共和體制社會那樣勒索美德。

卡里古拉半睜開眼睛，看著角落的年老梅黑亞掏出一個小瓶子，喝了一口。

卡里古拉：（依然躺著）梅黑亞，你喝的是什麼？

梅黑亞：是治我哮喘的，卡于斯。

卡里古拉：（分開眾人，走向他，嗅嗅他的嘴）不，是解毒藥。

梅黑亞：才不是，卡于斯。你在開玩笑。我夜裡喘不過氣，已經治療很長一段時間了。

卡里古拉：這麼看來，你害怕被下毒？

梅黑亞：我的哮喘……

卡里古拉：不。話要挑明了說：你擔心我毒害你。你懷疑我。你窺伺著我。

梅黑亞：才沒有，我以所有神明發誓。

卡里古拉：你對我起疑。某種方式來說，你提防著我。

梅黑亞：卡于斯！

卡里古拉：（粗暴地）回答我！（肯定地）你喝解毒藥，就是以為我意圖毒害你。

梅黑亞：是……我是說……不是這樣。

卡里古拉：一旦你以為我決定毒害你，就想辦法對抗這個旨意。

一陣沉默。從這場面一開始，謝索妮雅和謝黑亞就退到舞台後方。只有勒畢居斯擔憂不安地聽著兩人對話。卡里古拉聲音愈來愈清晰明確。

那就構成了兩條罪狀，不論哪一條你都逃不掉：要不，我其實並無殺害你之意，你卻無理地懷疑我，我耶，你的皇帝耶；要不，我要毒害你，而你這隻螻蟻，竟想違抗我的意旨。（停頓。卡里古拉滿意地凝視著老人）嗯，梅黑亞，你覺得這個邏輯推論怎麼樣？

梅黑亞：這邏輯……這邏輯完全站得住腳，卡于斯。但是它不符合我這個情況。

卡里古拉：還有，第三條罪狀，你把我當傻瓜。聽好了。這三條罪裡面，只有一條是可敬的，就是第二條——因為一旦你以為我有那種決定，並反制它，這就表示你的反抗。你是煽動者，革命者。這樣很好。（悲傷地）我很喜歡你，梅黑亞。因此你會因第二條罪被處死，而非其他兩條罪狀。你會因反抗之名慷慨就義。

卡里古拉講這番話時，梅黑亞愈來愈在座位上縮成一團。

不必感謝我。這一切理所當然。（他遞給他一個小瓶，親切地說）哪，喝了這毒藥。

梅黑亞搖著頭拒絕，痛哭出聲。

卡里古拉不耐煩。

喝吧，喝吧。

梅黑亞企圖逃開，但卡里古拉兇猛地往前一躍，在舞台中央揪住他，把他推到一張矮凳子上，一陣掙扎纏鬥，他把小瓶子塞進他牙齒間，一拳敲碎瓶子。梅黑亞身體抽搐了幾下便死了，臉上滿是藥水和鮮血。

卡里古拉站起身，機械性地擦著雙手。

他把梅黑亞剩下的藥瓶遞給謝索妮雅，問：

是什麼？解毒藥？

謝索妮雅：（平靜地）不是，卡里古拉。這是治哮喘的藥。

卡里古拉：（凝視著梅黑亞，一陣沉默後說）沒什麼關係。反正結果也一樣。不過是早一點晚一點……

他驟然走出去，一副忙碌的樣子，一直不停擦拭著雙手。

第十一場

勒畢居斯：（嚇呆了）該怎麼辦？

謝索妮雅：（簡單明瞭地）我想先把屍體抬走吧。太難看了！

謝黑亞和勒畢居斯拉起屍體，拖往後台。

勒畢居斯：（對謝黑亞說）我們的行動得加快。

謝黑亞：　得需要兩百個人。

青年希皮翁上場，他一看見謝索妮雅就作勢要走開。

第十二場

謝索妮雅：你過來。
希皮翁：　妳要幹嘛？
謝索妮雅：靠近點。

　　　　她抬起他的下巴，凝視著他雙眼。停頓。
　　　　冷冷地說。

　　　　他殺了你父親？
希皮翁：　是。
謝索妮雅：你恨他？

希皮翁：是。

謝索妮雅：你要殺了他？

希皮翁：是。

謝索妮雅：（鬆開他下巴）那麼，你為什麼告訴我呢？

希皮翁：因為我不懼怕任何人。殺他或被他殺死，只不過是了結事情的兩種方式。再說，妳不會出賣我。

謝索妮雅：你說得對，我不會出賣你。但是我要跟你說句話——或是，我要跟你身上最美好的一部分說句話。

希皮翁：我身上最美好的，就是我的恨意。

謝索妮雅：聽我說，我要跟你說的這句話既難以理解卻又再明顯不過。但這句話若真被好好聽進去，將能完成這世界唯一的澈底革命。

希皮翁：那就說吧。

謝索妮雅：現在還不行。先想想你父親被拔掉舌頭那張抽搐的臉。想想他那張滿是鮮血的嘴，還有像畜生被虐待時發出的慘叫。

希皮翁：　是。

謝索妮雅：現在再想想卡里古拉。

希皮翁：　（滿懷恨意地說）是。

謝索妮雅：現在你聽好：試著理解他。

她走出去，留下錯愕的希皮翁。

埃利恭上場。

第十三場

埃利恭：卡里古拉回來了，你們一起去吃飯吧，詩人？

希皮翁：埃利恭，幫幫我！

埃利恭：這可有點危險，我的白鴿。而且我對詩一竅不通。

希皮翁：你能夠幫助我。你知道很多事情。

埃利恭：我知道日子一天天過去，必須加緊吃飯。我也知道你可能會殺了卡里古拉……而且他並不會覺得這是件壞事。

卡里古拉上場。埃利恭下場。

第十四場

卡里古拉：啊！是你。

他停下腳步，似乎在考慮要以什麼態度面對對方。

好久沒看見你。（緩緩朝他走去）你忙些什麼呢？還寫作嗎？把新近的作品給我看看吧？

希皮翁：（神態也很不自然，在恨意與一種無可名狀的感覺之間拉扯）我寫詩，皇上。

卡里古拉：關於什麼呢？

希皮翁：我不知道，皇上。我想是關於大自然吧。

卡里古拉：（坦然了許多）很棒的題材，而且廣闊。大自然給你什麼感觸呢？

希皮翁：（恢復鎮定，以譏諷而惡意的神情說）它慰藉了我自己不是身為皇帝。

卡里古拉：啊！你認為它也能慰藉我身為皇帝嗎？

希皮翁：（依舊譏諷而惡意的神情）當然，它治癒過比這還嚴重的傷口。

卡里古拉：（異常爽直地）傷口？你說這話滿懷惡意。是因為我殺了你父親嗎？然而你該知道這個字用得真準確啊。傷口！（轉換語氣）只有仇恨會讓人變聰明。

希皮翁：（僵硬地）我回答了你關於大自然的問題。

卡里古拉坐下來，看著希皮翁，之後突然拉起他的雙手，猛力地把他拉到自己腳下。然後雙手捧著他的臉。

卡里古拉：唸你寫的詩給我聽。
希皮翁：　請求你，皇上，我不要。
卡里古拉：為什麼？
希皮翁：　我沒帶在身上。
卡里古拉：你不記得嗎？
希皮翁：　不記得。
卡里古拉：至少告訴我詩是在寫什麼。
希皮翁：　（一直很僵硬，不情願地說）裡頭說的是……
卡里古拉：嗯？
希皮翁：　不，我不知道……
卡里古拉：試試看……
希皮翁：　詩裡我談到的是某種和諧、土地和……
卡里古拉：（打斷他，以全神貫注的語氣說）……土地和腳的和諧。

希皮翁：（驚訝，遲疑一下，之後繼續說）是的，大致是這樣……

卡里古拉：繼續說。

希皮翁：……還有羅馬四周山丘的輪廓，以及隨著夜晚來臨，那稍縱即逝卻又令人難以自持的恬靜……

卡里古拉：……雨燕在青空中的啼鳴。

希皮翁：（愈來愈放鬆）對。還有。

卡里古拉：還有什麼？

希皮翁：還有這難以捉摸的片刻，原本金光閃爍的天空突然翻轉，一瞬間呈現出繁星燦爛的另一個面貌。

卡里古拉：向晚時分，炊煙、樹木、流水的氣味由地面往夜空升起。

希皮翁：（全心投入）……蟬鳴、熱氣降沉、狗叫聲、幾輛遲歸的運貨馬車的轉輪聲、農戶家的說話聲……

卡里古拉：……還有黃連木和橄欖樹濃蔭下的鄉間小路……

希皮翁：是的，是的。就是這些！你怎麼知道我寫的是這些？

卡里古拉：（把青年希皮翁攬入懷裡）我不知道。或許因為我們喜愛相同的真實事物吧。

希皮翁：（顫抖著，把頭埋在卡里古拉胸前）喔！不管了，因為我身上體現的一切都是愛。

卡里古拉：（撫摸著希皮翁）這是偉大心靈的善美，希皮翁。若我至少能明瞭你透澈的心靈就好了！但是我太清楚自己對生命的激烈熱情，不會滿足於大自然。你不會理解這點。你是另一個世界的人。你純粹至善，而我是純粹至惡。

希皮翁：我能夠理解。

卡里古拉：不。我內心的這個東西，這一湖沉默的死水，這些腐爛的野草。（驟然改變聲調）你的詩應該很美，但若你問我的看法的話……

希皮翁：（顫抖著，把頭埋在卡里古拉胸前）嗯。

卡里古拉：這一切欠缺血腥。

希皮翁猛然掙脫身子，憎惡地看著卡里古拉。他一邊往後退，一邊以喑啞的聲音說話，緊緊盯著面前的卡里古拉。

希皮翁：喔！惡魔，令人厭惡的魔鬼。你又在演戲。你剛剛是在演戲，嗯？你覺得很得意吧？

卡里古拉：（帶著些許悲傷）你的話也有些真實成分。我剛才是演戲了。

希皮翁：（憎惡地看著卡里古拉。一邊往後退，一邊以喑啞的聲音說）你的心該是多麼卑鄙、充滿血腥啊。喔！該有多少邪惡和仇恨折磨著你啊！

卡里古拉：（輕聲說）現在你住嘴吧。

希皮翁：我是多麼可憐你，又多麼恨你！

卡里古拉：（發怒）住嘴。

希皮翁：你的孤獨該是多麼邪惡汙穢！

卡里古拉：（爆發，撲向他，抓著他的領口搖晃）孤獨！你知道什麼是孤獨嗎？你知道的是詩人和無能之輩的孤獨吧。孤獨？究竟哪種孤獨呢？啊！你不知道的是，獨自一人絕對不叫作孤獨！未來和過去同樣沉重地處處跟隨著我們！我們殺死的人還在我們左右，對這些不散陰魂還好處理。但是那些我們曾經愛過、曾經愛過我們但我們不愛的人，悔恨、欲望、苦澀和甜蜜、婊子和那一幫神明。（他放開他，往自己座位後退）孤獨！啊！與其忍受我這人氣汙濁的孤獨，若我至少能夠領受真正的的孤獨，領受寂靜與樹木的顫動，該有多好！（突然頹喪地坐下）孤獨！不，希皮翁。這孤獨充滿咬牙切齒聲，整個轟然回響著噪音和四散的喧嘩。在我愛撫的女人身邊，夜色籠罩我們，在我遠離滿足的肉體之時，我以為在生與死之間，能稍微了解自己，我整個孤獨充斥著交歡的酸腐氣味，以及身旁沉睡女子的腋下氣味。

他狀似筋疲力盡。長長一陣沉默。

希皮翁走到卡里古拉身後，靠近，猶豫。他朝卡里古拉伸出手，放在他肩膀上。卡里古拉沒轉身，只把一隻手覆蓋在他的手上。

希皮翁：所有人生命中都有一絲溫暖。它讓人能繼續下去。覺得太疲乏的時候，就會朝向這絲溫暖取暖。

卡里古拉：這是真的，希皮翁。

希皮翁：你的生命裡就沒有任何類似的東西嗎，接近眼淚、僻靜的休憩角落這樣的東西？

卡里古拉：還是有的。

希皮翁：　那是什麼呢？

卡里古拉：（緩緩地）鄙視與不屑。

落幕。

第三幕

第一場

幕升起來之前，就聽見鈸聲鼓聲。幕升起，看到像市集表演的一個場景。中央掛著一面帷幕，帷幕前的一張小講台上站著埃利恭和謝索妮雅。兩邊是敲鈸的。幾位貴族和希皮翁坐在椅子上，背對著觀眾。

埃利恭：（以招攬觀眾的口吻說）靠過來！靠過來！（敲鈸聲）神明又再度降臨大地。卡于斯，也就是我們的皇帝和神——卡里古拉，將他的人形借給神明。靠過來，低俗的凡人們，神聖的奇蹟出現在我們眼前。幸而有卡里古拉統治的特殊恩賜，神明的祕密將顯現在我們眼前。

敲鈸聲。

謝索妮雅：靠過來，先生們！讚嘆並慷慨捐獻吧。就在今日，上天的神祕可以用錢就買得到。

敲鈸聲。

埃利恭：奧林匹斯諸神以及內幕、陰謀、姦情、淚水。靠過來！靠過來！來看看諸神的真面目。

敲鈸聲。

謝索妮雅：讚嘆並慷慨捐獻吧。靠過來，先生們。表演馬上要開始了。

敲鈸聲。幾名奴隸把各種道具物品擺到舞台上。

埃利恭：這是一場驚人的真實再現，前所未有的展示。壯麗的布景將神明的威力搬到了人間，一場無比倫比的精采表演。閃電（奴隸點燃火硝），雷鳴（奴隸滾動裝滿小石子的木桶），命運之神踏著凱旋的步伐前進。靠上來，仔細看！

他拉開帷幕，穿著滑稽維納斯女神服裝的卡里古拉，站在一個雕像底座上。

卡里古拉：（和藹地）今天，我是維納斯。

謝索妮雅：膜拜儀式開始。跪拜（除了希皮翁，所有貴族都跪下）並跟著我複誦膜拜卡里古拉——維納斯的聖禱文：「痛苦與舞蹈的女神……」

貴族們：「痛苦與舞蹈的女神……」

謝索妮雅：「誕生於浪花間，在鹽水白濤之間，一身沾滿黏汗與苦澀……」

貴族們：「誕生於浪花間，在鹽水白濤之間，一身沾滿黏汗與苦澀……」

謝索妮雅：「妳像燦笑又像惋惜……」

貴族們：「妳像燦笑又像惋惜……」

謝索妮雅：「……像一縷辛酸又像一股激情……」

貴族們：「……像一縷辛酸又像一股激情……」

謝索妮雅：「請教導我們超然，使愛重生……」

貴族們：「請教導我們超然，使愛重生……」

謝索妮雅：「請開示我們這世界的真理，那就是世界根本沒有真理……」

貴族們：「請開示我們這世界的真理，那就是世界根本沒有真理……」

謝索妮雅：「賜給我們力量，能和這至高的真理共存……」

貴族們：「賜給我們力量，能和這至高的真理共存……」

謝索妮雅：暫停！

貴族們：暫停！

謝索妮雅：（繼續）「請賜給我們妳的天賦，讓我們的臉如同妳一般公正殘酷、充滿客觀的仇恨；在我們眼睛上方，張開妳布滿鮮花和謀殺的雙手。」

貴族們：「……妳布滿鮮花和謀殺的雙手。」

謝索妮雅：「接納妳迷途的孩子，讓他們進到失去了您超然而痛苦的愛的庇護所。賜給我們妳沒有目標的熱情，沒有原因的痛苦，以及沒有前景的快樂……」

貴族們：「……以及沒有前景的快樂……」

謝索妮雅：（拉高聲音）「妳，如此空虛如此炙熱，毫無人性卻又如此世俗，用與妳質地相同的酒令我們醺醺然，讓我們在妳鹹漬的黑心裡永遠饜足。」

貴族們：「……用與妳質地相同的酒令我們醺醺然，讓我們在妳鹹漬的黑心裡永遠饜足。」

貴族們說完最後一句禱詞，一直佇立不動的卡里古拉抖動身體，聲音宏亮地說：

卡里古拉：照准，我的孩子們，你們的心願得以達成。

他盤腿坐在雕像底座上。貴族一一上前彎腰行禮，放下錢，下場前在右邊排成一列。最後一個貴族慌亂不安，忘了放錢就走入列隊中，卡里古拉一躍而起，站著。

喂！喂！過來這裡，我的小夥子。膜拜很好，增加財富就更好了。謝謝，這就對了。如果神得到的只是凡人的愛而沒有財富，那就會跟貧窮的卡里古拉一樣窮了。現在呢，先生們，你們可以走了，到城裡散播眼睛看見的驚人奇蹟：你們看見維納斯了，所謂看見，是親身用肉眼看到，維納斯還跟你們說了話。走吧，先生們。

貴族們動起來。

等等！出去的時候走左邊走廊。我在右邊走廊布下了要殺害你們的侍衛。

貴族們急急忙忙下場，稍顯慌亂。奴隸和樂師也下場。

第二場

埃利恭用手指威脅著希皮翁。

埃利恭：希皮翁，你又目無王法了！

希皮翁：（對卡里古拉）你褻瀆神明，卡于斯。

埃利恭：這到底是什麼意思呢？

希皮翁：你血洗大地之後，又玷汙上天。

埃利恭：這年輕人喜歡用聳動的字眼。

他過去躺在沙發上。

謝索妮雅：（非常平靜）你膽子可真大，我的小夥子；現在在羅馬，許多人會為了比這輕微許多的言論被處死。

希皮翁：我決定對卡于斯說實話。

謝索妮雅：唉，卡里古拉，這種謹守道德的好形象，是你統御中所缺少的！

卡里古拉：（感興趣地）所以你相信神，希皮翁？

希皮翁：不相信。

卡里古拉：那我就不懂了：你為何如此迅速指出是褻瀆呢？

希皮翁：我可以不相信一件事，但不認為有必要詆毀它，或是剝奪別人相信它的權利。

卡里古拉：這是謙遜，這，是真正的謙遜！喔！親愛的希皮翁，我真為你高興。而且，我羨慕你，你知道……因為這是唯一我或許永遠不會領受的感覺。

希皮翁：　你羨慕的不是我，而是眾神本身。

卡里古拉：如果可以的話，就讓這件事成為我統御的大祕密吧。今日人們可以指責我的，僅僅是我在權力與自由這條道路上又做了小小進步。對喜歡權力的人來說，神的抗衡會有點惱人。所以我把這抗衡消除了。我對那些虛幻的神證明，一個凡人只要有決心，不必練習，就可以勝任他們那可笑的差事。

希皮翁：　這就是褻瀆，卡于斯。

卡里古拉：不，希皮翁，這是真知灼見。我只不過明白了有種方法可以和神分庭抗禮：那就是和祂們一樣殘酷。

希皮翁：　這只需成為暴君就夠了。

卡里古拉：什麼是暴君呢？

希皮翁：　一個盲目的靈魂。

卡里古拉：不見得，希皮翁。但是暴君是為了他的想法或他的野心而犧牲人民。我呢，我沒有想法，再也不必爭取榮耀和權力，我運用這權力，是為了彌補。

希皮翁：　彌補什麼？

卡里古拉：彌補神的愚蠢和仇恨。

希皮翁：　仇恨無法彌補仇恨。權力不是解決方法。我知道只有一件事能夠消除世間的衝突敵對。

卡里古拉：是什麼？

希皮翁：　貧困。

卡里古拉：（撫摸著雙腳）那我也得試試這個辦法。

希皮翁：　在此之前，你周圍已經死了很多人。

卡里古拉：一點都不多，希皮翁，真的。你知道我拒絕了多少戰爭嗎？

希皮翁：　不知道。

卡里古拉：三場戰爭。你知道我為什麼拒絕嗎？

希皮翁：　因為你不屑於壯大羅馬帝國。
卡里古拉：不是，是因為我尊重人命。
希皮翁：　你在耍我，卡于斯。
卡里古拉：或者至少說，我尊重人命勝過我尊重「征服」這種理想。但是沒錯，我尊重人命也不比我尊重自己的生命來得多。倘若我殺人不眨眼，是因為我對自己的死也不在乎。不，我愈想愈認為我不是個暴君。
希皮翁：　不管你是不是暴君，我們受的苦並不會比較少。
卡里古拉：（有點不耐煩）你如果會算術，就會知道一個有理性的暴君隨便挑起一場戰爭，比我天馬行空的任性犧牲的人命多上千倍。
希皮翁：　但那至少有理性，最基本的是能夠理解。
卡里古拉：人們不理解命運，所以我把自己裝扮成命運。我換上神明愚蠢且無法理解的面貌。這是剛才你的同僚們學會去崇拜的。

希皮翁：　這就是褻瀆，卡于斯。

卡里古拉：不，希皮翁，這是戲劇的藝術！所有那些人的錯誤，就是不夠相信戲劇。他們將會學到，不夠相信戲劇的話，隨便誰都可以扮演天界的悲劇，誰都可以成為神明。只要硬起心腸就行。

希皮翁：　或許確實是這樣，卡于斯。但若這是真的，那你做了必要的一切，有一天會讓你周圍假扮成神的群眾無情地揭竿而起，把你這個暫時的神浸在血水之中。

謝索妮雅：希皮翁！

卡里古拉：（清晰而嚴峻的聲音）算了，謝索妮雅。你說得一點也沒錯，希皮翁：我做了必要的一切。我難以想像你說的那一天來臨，但我倒有幾次夢見過。在所有那些朝著苦澀黑夜前進的面孔上，在他們被仇恨和恐慌扭曲的表情裡，我確實欣喜地認出這世上我唯一崇拜的神，那就是人心的卑劣和懦弱。（發怒）現在，你走吧。你說得太多了。（轉換口吻）我還得搽腳指甲油呢。得趕快。

所有人下場。除了埃利恭，繞著卡里古拉打轉。卡里古拉專心搽著腳指甲油。

第三場

卡里古拉：埃利恭！
埃利恭：　怎麼啦？
卡里古拉：你的工作進展如何？
埃利恭：　什麼工作？
卡里古拉：嗯！……月亮！
埃利恭：　有進展，需要一些耐心。但是我有件事得跟您說。
卡里古拉：我或許有耐心，但我時間不多了。得趕緊，埃利恭。
埃利恭：　我已經跟您說了，我會盡力。但在此之前，我有重要的事情要跟你說。
卡里古拉：（彷彿沒聽到）其實我已經擁有過她。

埃利恭：　誰？
卡里古拉：月亮。
埃利恭：　喔，當然。但是你知道有人密謀要殺你嗎？
卡里古拉：我甚至完全擁有了她。沒錯，只有兩三次。但終究，我擁有過她。
埃利恭：　我很久以來就一直試著要跟你說件事。
卡里古拉：那是去年夏天。我良久看著她，撫摸照射在花園圓柱上的她，她終於懂了。
埃利恭：　別再玩這個遊戲了，卡于斯。就算你不肯聽我說，我的職責就是一定要講，你不聽就算了。
卡里古拉：（一直忙著搽腳指甲油）這指甲油糟糕透了。再說回月亮吧，那是八月一個美好的夜晚。（埃利恭氣惱地轉過身，閉上嘴，動也不動）她有些矜持。我已經睡下了。她剛開始是血紅地出現在地平線上，之後開始上升，愈來愈輕盈，速度愈來愈快。愈往上升，她愈光亮，在這星子窸窣的夜色中央，成為像一方乳白的湖水。她炙熱、溫柔、輕盈、裸露地降臨。她進入我的房間，緩步輕移，直到我的床邊，滑進我的床裡，她的微笑和光芒淹沒了我——說真的，這指甲油糟糕透了。你看，埃利恭，這可不是吹牛，我擁有過她。

埃利恭：你想聽我說，知道你面臨的威脅是什麼嗎？

卡里古拉：（停下，盯著他）我要的只是月亮，埃利恭。我早就知道會被什麼殺死。我還沒用盡所有能讓我活下去的辦法。這就是為什麼我要月亮。你在沒找到月亮之前，不要再出現在我面前。

埃利恭：那麼，我盡我本分，說我要說的。他們正在籌畫一個陰謀反對你，以謝黑亞為首。在我發現的這塊蠟板上，你可以看到梗概。我把它放在這兒。

埃利恭把蠟板放在座椅上，退下。

卡里古拉：你要去哪裡，埃利恭？

埃利恭：（已走到門邊）去幫你尋找月亮。

第四場

有人輕敲舞台上另外一邊的門。卡里古拉猛然轉身，看到年老貴族。

年老貴族：（猶豫）我可以進來嗎，卡于斯？

卡里古拉：（不耐煩地）喔！進來。（看著他）怎麼，我的美人兒，又來看維納斯啦！

年老貴族：不，不是這樣。噓！喔！請原諒，卡于斯……我要說的是……你知道我很喜歡你……再說，我只想安穩地頤養天年……

卡里古拉：有話快說！有話快說！

年老貴族：是。好。是這樣……（很快地說）事態很嚴重，就是這樣。

卡里古拉：不，不嚴重。

年老貴族：什麼不嚴重呢，卡于斯？

卡里古拉：你說的是什麼呢，我的愛人？

年老貴族：（看看四周）我是說……（扭捏一番後終於爆發）一個反對你的陰謀……

卡里古拉：你看吧，就如同我說的，這一點都不嚴重。

年老貴族：卡于斯，他們要殺了你。

卡里古拉：（走向他，抓住他的肩膀）你知道我為什麼無法相信你嗎？

年老貴族：（做個發誓的手勢）看在所有神明的分上，卡于斯……

卡里古拉：（慢慢把他推向門邊，輕聲說）不要發誓，千萬不要發誓。先聽我說。如果你說的是真的，那我就必須推測你背叛了你的朋友們，不是嗎？

年老貴族：（有點茫然失措）那是因為，卡于斯，我對你的愛……

卡里古拉：（繼續慢慢把他推向門邊，輕聲說）但是我不能這樣推測。我非常厭惡懦弱，無法克制自己處死一個背叛者。我知道你的價值所在，而且你當然不想背叛，也不想死。

年老貴族：當然，卡于斯，當然！

卡里古拉：你看吧，我就說不能相信你。你不是個懦夫，對嗎？

年老貴族：喔！不是……

卡里古拉：也不是個背叛者？

年老貴族：這還用說嗎，卡于斯。

卡里古拉：這麼一來，就沒有陰謀這件事，告訴我，這只是個玩笑？

年老貴族：（臉變了樣）一個玩笑，純粹是個玩笑……

卡里古拉：沒有人要殺我，這是很明顯的囉？

年老貴族：沒有人，當然，沒有人。

卡里古拉：（大聲呼吸，緩緩地說）那麼，走吧，我的美人兒。一個重視榮譽的人在這世上是如此罕見的動物，我無法忍受直視他太久。我必須獨自享受這偉大的一刻。

第五場

卡里古拉盯著擺在那裡的蠟板一會兒。拿起來看著內容。他大聲呼吸，喚來一名侍衛。

卡里古拉：把謝黑亞帶上來。

侍衛出去。

等一下。

侍衛站住。

態度要尊重。

衛士出去。

卡里古拉踱了一下方步，然後朝向鏡子走去。

你決定要按照邏輯，白痴。只不過要知道邏輯到底走到哪裡。（諷刺地）如果有人把月亮拿給你，一切都會改變，不是嗎？不可能的事變成可能，一下子、一股腦，一切都將改變。誰說不可能呢，卡里古拉？誰又能知道呢？（他環視四周）我周圍的人愈來愈少了，真奇怪。（對著鏡子，低沉地說）太多人死了，太多人死了，人愈來愈少。就算拿來了月亮，我也回不去了。就算死者在太陽下又窸窣甦醒，殺人這事實也不會被掩埋地底。（氣憤的口吻）邏輯，卡里古拉，必須遵循邏輯到底。權力行使到底，豁出去直到底。不，回不去了，必須持續到死！

謝黑亞上場。

第六場

卡里古拉在座椅上稍微往後仰，脖子縮在大衣裡。看起來筋疲力盡。

謝黑亞：　你叫我來，卡于斯？

卡里古拉：（聲音微弱）是啊，謝黑亞。侍衛們！拿火炬過來。

沉默。

謝黑亞：　你有什麼特別的事要跟我說嗎？

卡里古拉：沒有，謝黑亞。

沉默。

謝黑亞：（有點惱火）你確定我有必要留在這裡嗎？

卡里古拉：完全確定，謝黑亞。

又一陣沉默。突然急切地說。

哎呀，請原諒。我心不在焉，對你如此怠慢。坐下，讓我們像朋友一樣聊聊天。我需要跟一個聰明的人講講話。

謝黑亞坐下。

卡里古拉看起來很自然，這是從本劇開始以來他第一次顯得很自然。

謝黑亞，你認為兩個心靈和豪情都相等的人，在一生中至少一次，可以敞開心扉互談嗎？——就像坦誠相見，除去成見、利害關係，以及生命中的謊言？

謝黑亞：我想這是可能的，卡于斯。但我相信你做不到。

卡里古拉：你說的對。我只是想知道你是否跟我想的一樣。那就讓我們戴上面具吧，運用我們的謊言。對話像搏鬥，周延保護全身。謝黑亞，你為什麼不喜歡我？

謝黑亞：因為你身上沒有任何讓人喜歡的東西，卡于斯。因為這些不是可以靠命令達到的。況且，我太了解你，而我們無法愛那些連自己都竭力想掩飾的臉孔。

卡里古拉：為什麼恨我呢？

謝黑亞：你這麼說就錯了，卡于斯。我不恨你。我認為你有害又殘酷、自私又愛慕虛榮，但是我不恨你，因為我相信你不快樂。我也不能鄙視你，因為我知道你不是個懦夫。

卡里古拉：那麼，你為什麼要殺我？

謝黑亞：我說過了：我認為你有害。我喜歡、也需要安全感。大多數的人也跟我一樣。他們不能活在一個最怪誕的念頭會在瞬間變成真實的這種世界，而且當這些怪誕念頭變成真實，大部分時間都像一把刀插入心臟。我也不能，我不能活在這種世界裡。我寧可掌握自己的生命。

卡里古拉：安全和邏輯無法並存。

謝黑亞：是沒錯。這不合邏輯，但合情理。

卡里古拉：繼續說。

謝黑亞：我沒什麼可說的了。我不想進入你的邏輯。我對做人的義務有不同的想法。我知道你的子民大部分都和我的想法一樣。你對所有人來說都是個妨礙。要你死是很自然的事。

卡里古拉：這一切非常清楚明瞭，而且非常合情合理。對大部分的人來說甚至理所當然。但對你來說，不是。你很聰明，而聰明要付出昂貴代價，否則就必須拒絕它。我呢，我付出代價。而你，為什麼不拒絕聰明又不願付出代價呢？

謝黑亞：因為我希望活著，而且快樂。我認為荒謬推至所有的後果的話，既不能活，也不會快樂。我和所有人一樣，為了感覺解脫，有時候會希望我愛的人死去，我也會覬覦女人，而家庭和友誼的禮法禁止我覬覦。若是按照邏輯，我應該殺死我愛的人、占有我覬覦的女人。但我認為這類依稀的念頭並沒有重要性。如果大家都把這類依稀的念頭付諸行動，我們既無法活，也不會快樂。我再說一次，我重視的就是這個。

卡里古拉：因此你必須相信有某個崇高的思想。

謝黑亞：我相信有某些行動比其他的行動高尚。

卡里古拉：我認為所有的行動都是相等的。

謝黑亞：我知道你這麼想，卡于斯，這也是為什麼我不恨你的原因。但是你是個妨礙，你必須消失。

卡里古拉：這很正確。但你為什麼甘冒死的危險告訴我呢？

謝黑亞：因為就算我不說，也有別人會告訴你，而且我不喜歡說謊。

沉默。

卡里古拉：謝黑亞！

謝黑亞：是，卡于斯。

卡里古拉：你覺得兩個心靈和豪情都相等的人，在一生中至少一次，可以敞開心扉互談嗎？

謝黑亞：我想我們剛才就是。

卡里古拉：是啊，謝黑亞。你本來還以為我做不到。

謝黑亞：我錯了，卡于斯，我承認錯了，並且謝謝你。我現在等候你的判決。

卡里古拉：（心不在焉）我的判決？啊！你是說……（從大衣裡拿出蠟板）你知道這是什麼嗎，謝黑亞？

謝黑亞：我知道它在你手上。

卡里古拉：（熱烈地）是的，謝黑亞，而你的直率本身就是假裝的。兩個人並非敞開心扉互談。然而這沒關係。現在，我們停止這真誠與否的遊戲，重新像以前那樣活著。不過你得試著了解我要跟你說的，得忍受我的冒犯和情緒。聽好了，謝黑亞，這蠟板是唯一的證據。

謝黑亞：我要走了，卡于斯。我對這整個怪里怪氣的遊戲厭煩透了。我太了解這遊戲，不想再看到了。

卡里古拉：（同樣熱烈的語氣，且認真地）再待一下。這是證據，對不對？

謝黑亞：我不認為你需要證據才能殺人。

卡里古拉：是沒錯，但這一次，我要打破以往的作法。這不會影響任何人。而且，偶爾打破以往的作法真好，讓人放鬆。我需要放鬆休息，謝黑亞。

謝黑亞：我不懂，也不喜歡這些複雜。

卡里古拉：當然，謝黑亞。你呀，你是個健全的男人。你不想要非凡的東西！（放聲大笑）你要活著，並且快樂。就只有這樣！

謝黑亞：我想我們最好就此打住。

卡里古拉：還不行。再一點耐心，好嗎？我手上有這個證據，你看。我要假設沒有這個我就不能要你的命。這是我的想法、我的休息。那麼！看看證據在一個皇帝手裡會變成什麼樣吧。

他把蠟板靠近一把火炬。謝黑亞也靠上前。兩個人隔著火炬。蠟板漸漸融化。

你看，謀反者！它融化了，隨著這個證據的消失，無辜的晨光漸漸升上你的臉龐。你的額頭多麼純淨，謝黑亞。多美啊，一個清白無辜之人，多美啊！讚嘆我的權力吧。連神明都不能不先責罰就還人清白無辜。你的皇帝呢，只需要一點火光就可以赦免你、鼓勵你。謝黑亞，繼續把你對我說的完美推論持續到最後吧。你的皇帝等待安息。這是他能活著並且快樂的方式。

謝黑亞驚愕地看著卡里古拉，做了一個幾乎察覺不出的手勢，似乎明白了，張開嘴，又突然下場。卡里古拉繼續拿著蠟板在火炬上燒，微笑地，眼光尾隨著謝黑亞。

落幕。

第四幕

第一場

舞台上陷入半黑。謝黑亞和希皮翁上場。謝黑亞先往右走，又往左走，然後回到希皮翁旁邊。

希皮翁：（沉思的神情）你找我有什麼事？

謝黑亞：時間緊迫，我們得對我們要做的意志堅定。

希皮翁：誰跟你說我意志不堅定來著？

謝黑亞：你昨天沒來參加我們的集會。

希皮翁：（轉過頭去）沒錯，謝黑亞。

謝黑亞：希皮翁，我年紀比你大，也從不習慣求援，但我確實需要你。這次謀殺需要有受人尊敬的擔保人。在那一堆虛榮心受傷和卑劣的膽小鬼之中，只有你和我的理由是純粹的。我知道就算你拋棄我們，也不會背叛我們。但這不重要。我希望的是你和我們站在一起。

希皮翁：我理解你，但我發誓我做不到。

謝黑亞：所以你站在他那邊？

希皮翁：不是。但是我無法與他對抗。（停頓，然後低沉地說）就算我殺了他，至少我的心是和他在一起。

謝黑亞：可是他殺了你父親！

希皮翁：對，一切都是以此開始。但一切也都以此結束。

謝黑亞：他否認你所承認的。他譏笑你所敬仰的。

希皮翁：這是真的，謝黑亞。但是我身上有某些和他相似的東西。相同的火焰燃燒著我們的心。

謝黑亞：有時候必須選擇。我呢，我讓自己身上可能和他相似的東西都壓抑下去。

希皮翁：我無法選擇，因為除了我自己承受的，我也承受他所受的苦。我的不幸就是明瞭了一切。

謝黑亞：那麼你選擇覺得他有理。

希皮翁：（大喊）喔！求求你，謝黑亞，我覺得沒有任何人、再也沒有任何人有理了！

停頓，他們互相凝視。

謝黑亞：（情緒激動，朝希皮翁走去）你知道我更恨他對你所做的嗎？

希皮翁：是的，他教導我對一切都要高標準。

謝黑亞：不，希皮翁，他讓你絕望。讓一顆年輕的心絕望，是他犯的所有的罪裡面最嚴重的。我跟你發誓，光這一點就足夠讓我狂怒地殺了他。

他走向出口。埃利恭走進來。

第二場

埃利恭：我正在找你，謝黑亞。卡里古拉在這裡辦一個友好小聚會，你得在這裡等他。（他轉身對著希皮翁）但是這裡不需要你，我的鴿子。你可以走了。

希皮翁：（正要走出，轉身對著謝黑亞）謝黑亞！

謝黑亞：（非常輕聲地）嗯，希皮翁。

希皮翁：試著了解。

謝黑亞：（非常輕聲地）不，希皮翁。

希皮翁和埃利恭下場。

第三場

後台發出武器撞擊聲。兩名侍衛在右邊現身，領來年老貴族和第一貴族，兩位貴族顯出嚇得魂不附體的樣子。

第一貴族：（對侍衛，試著以堅定的聲音）到底怎麼回事，這麼晚要我們幹什麼？

侍衛：（指著右邊的座位）在那兒坐下。

第一貴族：如果是要殺我們，跟殺其他那些人一樣，不必搞那麼多花樣。

侍衛：在那兒坐下，老騾子。

年老貴族：我們坐下吧。這傢伙什麼都不知道。這顯而易見。

侍衛：　是啊，我的美人兒，這顯而易見。

侍衛下場。

第一貴族：我早就知道必須快點行動。現在，等著我們的是嚴刑拷打。

第四場

謝黑亞：（平靜，坐下來）什麼事呢？
第一貴族和
年老貴族：（一起說）我們的密謀被發現了。
謝黑亞：然後呢？
年老貴族：（顫抖著）會嚴刑拷打。
謝黑亞：（無動於衷）我記得卡里古拉曾賞了一個奴隸小偷八萬一千個銀幣，因為他被嚴刑拷問也不肯屈打成招。
第一貴族：這真振奮人心。
謝黑亞：不，但這證明他喜歡有勇氣的人。你們應該記住這點。（對年老貴族）你不介意停止像這樣牙齒打顫嗎？我厭惡這聲音。

年老貴族：那是因為……

第一貴族：別再閒嗑牙了，現在我們玩的是自己的命。

謝黑亞：（不為所動）你們知道卡里古拉最喜歡的一個字句嗎？

年老貴族：（快哭出來）我知道。是他對劊子手說的：「慢慢來，讓他感受死的滋味。」

謝黑亞：不，比這個更精采。每次死刑結束，他打打呵欠嚴肅地說：「我最讚賞的，是我的無感。」

第一貴族：你們聽到了嗎？

武器碰撞的聲音。

謝黑亞：這句話顯示出他是一個弱者。

年老貴族：你不介意停止賣弄哲學嗎？我厭惡這個。

一個奴隸帶著幾樣武器從舞台底端走出，把武器一一擺在一張座椅上。

謝黑亞：（沒看到奴隸）我們至少得承認這個人發揮了不可否認的影響力。他強迫我們思考。他強迫所有人思考。不安全感，這是會讓人思考的。這也是他被如此多怨恨追索的原因。

年老貴族：（顫抖）你看。

謝黑亞：（看到武器，聲音稍微改變）你說的或許有道理。

第一貴族：本來就該趕快行動。我們拖延太久了。

謝黑亞：是啊，這個教訓來得有點晚了。

年老貴族：這簡直瘋了。我不要死。

他站起來想逃走。兩名侍衛出現，打了他一巴掌，強行制住了他。第一貴族癱在座椅上。謝黑亞咕噥了幾個我們聽不清的字句。舞台底端突然傳來一陣詭異的音樂，是搖鈴和鈸的刺耳、跳躍聲響。三位貴族沉默地看著舞台底端。卡里古拉穿著舞孃的短裙，頭戴著花，出現在舞台底端的布幕後，投影做出幾個滑稽的舞蹈姿勢，隨即消失。他一消失布幕後，一名侍衛莊嚴的聲音說：「表演結束。」此時，謝索妮雅悄悄來到舞台上的觀眾背後。用平淡無表情的語氣說話，卻讓大家驚跳起來。

第五場

謝索妮雅：卡里古拉吩咐我告訴你們，之前他召你們來都是為了國家大事，但今天請你們來是為了和他一起進行一場藝術情感交流。（停頓；之後以同樣語調說）他還說，不能一起交流的就要殺頭。

他們都閉嘴無語。

第一貴族：（遲疑一會之後說）很美，謝索妮雅。

抱歉我的堅持，但是我必須問你們是否覺得這舞蹈很美。

年老貴族：（滿懷感激）喔！是啊，謝索妮雅。

謝索妮雅：那你呢，謝黑亞？

謝黑亞：（冷冷的）是偉大的藝術。

謝索妮雅：太好了，那我就可以去回覆卡里古拉了。

第六場

埃利恭上場。

埃利恭：告訴我，謝黑亞，那真的是偉大的藝術嗎？

謝黑亞：某方面來說，是的。

埃利恭：我懂了。你真有一套，謝黑亞。就跟一個老實人一樣虛假，但是真有一套，真的。我呢，沒那麼厲害，但是就算這是卡于斯自己想要的，我也不會讓你動他一根寒毛。

謝黑亞：我不懂你在說什麼，但我讚揚你的赤誠。我喜歡忠誠的好奴僕。

埃利恭：瞧你傲氣十足，嗯？沒錯，我侍奉一個瘋子，但你呢，你侍奉誰？

侍奉美德嗎?我告訴你我心裡想的。我生為一個奴隸，所以呢，裝成一個有美德啦、老實人啦，我最早是在鞭子下玩這套。卡于斯呢，他沒有跟我說大道理，他賜我自由，讓我進到宮裡。因此我現在才能正視你們，你們這些充滿美德的人。我看到你們臉色好難看，充滿陳腐味，一種從沒受過苦也沒經過風浪的人發出的平庸氣味。我見過許多披著長袍的貴族，但是心磨損了，臉色貪吝，雙手無力。你們是裁決的法官嗎?你們口口聲聲堅守美德，夢想著安全，就像年輕女子夢想愛情一樣，然而你們將會驚恐地死去，甚至不知道你們撒了一輩子謊，你們還好意思去評斷那個受苦無數、每天身上新的千瘡百孔不停流血的人?你們以前曾經鞭打過我，這是一定的!蔑視奴隸，謝黑亞!這個奴隸比你的美德還高尚，因為他還能愛他那個可憐的主子，捍衛他對抗你們的貴族謊言、你們假言假語的嘴……

謝黑亞：親埃的埃利恭，你滔滔不絕大話連篇。說真的，你以前的品味比較好。

埃利恭：抱歉，真的。這是和你們太常在一起的結果。老夫老妻久了太相像，連耳朵裡長多少毛都一樣了。但是我會振作的，別擔心，我會振作。只不過呢……你看，看到我這張臉嗎？嗯。好好看看。很好。現在，你看到你敵人的臉孔了。

他下場。

第七場

謝黑亞：　現在，行動要快。你們兩個待在這兒。今晚我們會有百來個人。

他下場。

年老貴族：待在這，待在這！我也想離開啊，我。（他聞一聞）這裡有死亡的氣息。

第一貴族：或是謊言的氣息。（悲傷地）我還說那舞蹈很美呢。

年老貴族：（妥協地）某方面來說也算美。那舞蹈很美。

幾位貴族和騎士像風一陣地上場。

第八場

第二貴族：發生什麼事了？你們知道嗎？皇帝召我們來。
年老貴族：（心不在焉）可能是為了舞蹈吧。
第二貴族：什麼舞蹈？
年老貴族：是啊，怎麼說，藝術情感交流。
第三貴族：聽說卡里古拉病得很嚴重。
第一貴族：他是病得很嚴重。
第三貴族：什麼病呢？（乍喜）看在所有的神明分上，他要死了嗎？
第一貴族：我不認為。他的病是讓別人死去。
年老貴族：如果我們敢這麼說的話。
第二貴族：我明白你。但是他就沒有什麼比較輕微、對我們比較有利的病嗎？

第一貴族：沒有，他這個病無病可匹敵。我先告退，我得去找謝黑亞。

他下場。謝索妮雅上場，一陣短暫沉默。

第九場

謝索妮雅：（不在意地說）卡里古拉胃痛。他吐血了。

貴族們簇擁到她身旁。

第二貴族：喔！萬能的眾神啊，我許願，若他痊癒，我就上繳二十萬個銀幣給國庫。

第三貴族：（誇張地）朱比特大神啊，拿我的命換他的命吧。

卡里古拉已經上場了一會兒，傾聽著。

卡里古拉：（走向第二貴族）我接受你的奉獻，露西斯，感謝你。我的財務官明天會去你家。（走向第三貴族，擁抱他）你無法知道我是多麼感動。（停頓，然後溫柔地說）所以你愛我囉？

第三貴族：（掏心掏肺）喔！皇上，對我來說，可以立刻一切都獻給你。

卡里古拉：（再次擁抱他）啊！這太超過了，卡修斯，我不值得這麼多的愛。（卡修斯做了個抗議的手勢）不，不，我說真的，我不配這麼多的愛。（他叫來兩名侍衛）帶走他。（輕聲對卡修斯說）去吧，我的朋友。記得卡里古拉給了你他的心。

第三貴族：（有點擔憂）他們要帶我去哪裡？

卡里古拉：去死啊，怎麼了。你拿你的命換我的命。我呢，現在覺得好多了。嘴裡甚至已不再有可怕的血的味道。你讓我痊癒了。卡修斯，你開心能夠為另一個人付出生命，當這個另一個人叫作卡里古拉嗎？現在我又精神好得可以參加所有的歡宴了。

第三貴族被拖下去，他掙扎、大吼。

第三貴族：我不要。那是開玩笑的話。

卡里古拉：（沉思狀，在吼叫聲之間說）很快地，海邊沿途會開滿金合歡花。女人們將會換上輕盈的衣服。長空清朗耀人，卡修斯！生命展開微笑！

卡修斯已經被拉到門邊，謝索妮雅輕輕推他。

卡里古拉轉過身，突然嚴肅。

我的朋友，如果你夠愛生命的話，就不會這樣輕率地把它當作兒戲。

卡修斯被拖下去。

卡里古拉走回桌子。

如果輸了，總是得付出代價。（停頓）過來這裡，謝索妮雅。（他轉身朝向其他人）對了，我有一個很好的想法要和你們分享。我的統治到目前都太幸福了。既沒有大規模瘟疫，也沒有殘酷的宗教，甚至連政變都沒有，簡而言之，沒有任何讓你們會作古的原因。所以啦，有點是因為這樣，我試著平衡命運的穩健審慎。我要說的是……不知道你們聽懂了沒（短促一笑），總之，我取代了瘟疫。（改變口氣）不過，閉上嘴。謝黑亞來了。換妳了，謝索妮雅。

他下場。謝黑亞和第一貴族上場。

第十場

謝索妮雅大步朝謝黑亞走去。

謝索妮雅：卡里古拉死了。

她轉過頭去，好似在哭泣，眼睛盯著其他不說話的人。大家都露出震驚的神情，但各自有不同的原因。

第一貴族：妳……妳確定這個不幸的消息嗎？這不可能，他剛才還在跳舞。

謝索妮雅：正因如此。跳舞讓他筋疲力盡而死。

謝黑亞快速地走過場上的人面前，然後轉身走向謝索妮雅。所有人都保持沉默。

謝索妮雅緩緩地說：

你不發一言，謝黑亞。

謝黑亞：（同樣緩緩地說）這是個天大的不幸，謝索妮雅。

卡里古拉突然上場，走向謝黑亞。

卡里古拉：演得好，謝黑亞。（他繞著自己轉了一圈，看著其他人。幽默地）

唉呀，失敗了。（對謝索妮雅說）別忘了我交代妳的。

卡里古拉下場。

第十一場

謝索妮雅沉默地看著他離開。

年老貴族：（憑著一股不屈不撓的希望）他生病了嗎，謝索妮雅？

謝索妮雅：（怨恨地看著他）不，我的美人兒，但是你不知道的是，這個男人每夜睡兩個鐘頭，其他時間無法休息，就在宮殿走廊上亂走。你不知道、也從來沒想過的，是從半夜直到太陽又出現這段折磨人至死的時間裡，這個人是在想什麼呢。生病？不，他沒生病。除非你為覆蓋他靈魂的潰瘍發明一種病名以及藥方。

謝黑亞：（似乎受到感動）妳說得對，謝索妮雅。我們不是不知道卡于斯……

謝索妮雅：（很快地說）對，你們不是不知道。但是和所有沒有靈魂的人一樣，你們無法忍受擁有太多靈魂的人。太多靈魂！這真討人厭，不是嗎？所以，我們就把它稱之為一種病：學究們就覺得自己有道理而心滿意足。（換個口氣）你是否從未愛過呢，謝黑亞？

謝黑亞：（又恢復平時神情）我們現在學著去愛已經太老了，謝索妮雅。何況，卡里古拉也不見得讓我們有時間去學習愛。

謝索妮雅：（恢復平時神情）沒錯。（她坐下）我差點忘了卡里古拉交代的事。你們知道今天是貢獻給藝術的一天。

年老貴族：按照日曆嗎？

謝索妮雅：不，按照卡里古拉的意思。他召來了幾位詩人，要他們針對一個題目即興創作。他希望你們當中是詩人的也務必參加競賽。他特別指名希皮翁和梅泰律斯。

梅泰律斯：但我們沒準備好。

謝索妮雅：（就像沒聽見，平淡的語氣）當然啦，會有獎賞，也會有懲罰。（大家微微退縮一步）我可以私下跟你們說，懲罰並不會太嚴厲。

卡里古拉上場。神情比之前都還陰鬱。

第十二場

卡里古拉：一切都準備好了嗎？

謝索妮雅：一切都準備好了。（對一名侍衛說）讓詩人們上場。

十來位詩人兩個兩個走上場，以有節奏的步伐從舞台右邊底端上場。

卡里古拉：其他人呢？

謝索妮雅：希皮翁和梅泰律斯！

兩人加入詩人們的行列。卡里古拉坐在舞台底端左邊，旁邊是謝索妮雅和貴族們。短暫沉默。

卡里古拉：題目：死亡。限時：一分鐘。

詩人們在蠟板上振筆疾書。

年老貴族：誰當評審呢？
卡里古拉：我。難道不夠格嗎？
年老貴族：喔！夠，完全夠格。
謝黑亞：　你也參加比賽嗎，卡于斯？
卡里古拉：不必要。我對這題目老早就做好文章了。
年老貴族：（渴望地）何處能拜讀呢？
卡里古拉：我以我的方式每天背誦。

謝索妮雅看著他，神情擔憂。

卡里古拉：（粗暴地）我的臉惹你討厭嗎？

謝索妮雅：（輕聲地）請你原諒。

卡里古拉：啊！拜託妳，不要卑躬屈膝。千萬不要卑躬屈膝。妳啊，已經讓人難以忍受了，再加上卑躬屈膝的話！

謝索妮雅緩緩走往舞台更底端……

卡里古拉對謝黑亞說：

我繼續說。那是我唯一創作的作品。但它也證明了我是羅馬唯一的藝術家，你聽清楚，謝黑亞，我是唯一把想法和行動合而為一的藝術家。

謝黑亞：這只是權力的問題罷了。

卡里古拉：的確。其他人沒有權力，不得已只好創造。而我呢，我只需要創造一個作品：就是活著。（粗暴地）那麼，你們這些人，寫好了嗎？

梅泰律斯：我想，寫好了。

眾人：寫好了。

卡里古拉：那好，大家聽好。你們輪流出列。我來吹哨。第一個人唸他寫的詩，我一吹哨，他就停下，換第二個人，以此類推。獲勝的當然就是詩沒被哨音打斷的那個人。準備。（轉身跟謝黑亞私下說）一切都要有規畫，甚至藝術。

吹哨。

第一詩人：死亡，那黑暗的河岸之外……

　　哨音。詩人走到左端。以下其他人也都如是。這一幕機械性地進行。

第二詩人：命運三女神在洞穴裡……

　　哨音。

第三詩人：我呼喚你，喔死亡……

　　急促的哨音。

　　第四詩人走上前，擺出一個朗誦的架式。還沒開口哨音就響起。

第五詩人：當我還是個孩子……

卡里古拉：（大吼）不！一個蠢貨的童年和這主題有何相干？你可以告訴我中間有什麼關聯嗎？

第五詩人：但是，卡于斯，我還沒唸完……

尖銳的哨音。

第六詩人：（走上前，清清嗓子）無情地，它往前……

哨音。

第七詩人：（故作神祕地）隱晦而迷濛的禱告……

一串間斷的哨音。

希皮翁沒拿蠟板，上前。

卡里古拉：換你了，希皮翁。你沒蠟板嗎？

希皮翁：　我不需要。

卡里古拉：那我們看看。

他嘴裡慢慢嚼著哨子。

希皮翁：　（非常靠近卡里古拉，眼睛不看他，帶著頹喪疲憊）

「追尋使人類純淨的幸福，

陽光閃耀的天空，

獨一無二且野蠻的慶典，我那毫無希望的幻想！……」

卡里古拉：（輕聲地）停止，好嗎？（對希皮翁）你還太年輕，無法領略死亡真正的課題。

希皮翁：（直視卡里古拉）我還太年輕，就失去了父親。

卡里古拉：（猛然轉身）好啦，你們其他人排好隊。冒牌詩人對我的品味來說是太過嚴厲的懲罰。我本來還想把你們當作盟友，有時甚至想像能把你們整頓為我最後一批捍衛者。但這一切都是徒勞，所以自此我要把你們屏棄為我的敵人。詩人站在我的對立面的話，那我可以說一切都完了。按照次序走出去吧！你們要一一走過我面前，一邊把你們在蠟板上寫的那些噁心東西舔乾淨。注意了！往前走！

有節奏的哨音。詩人們慢慢從右邊下場，一邊舔著他們那不朽的蠟板。

卡里古拉非常低聲地說：

統統滾出去吧。

在門口，謝黑亞拉住第一貴族的肩膀。

謝黑亞：時機到了。

希皮翁聽到了，正走到門邊的腳步遲疑了，轉身走向卡里古拉。

卡里古拉：（惡毒地）你不能像你父親現在一樣，別再來煩我嗎？

第十三場

希皮翁：好了，卡于斯，這一切都不必了。我知道你已經選擇了。

卡里古拉：別管我。

希皮翁：我的確不會管你了，因為我想我了解你。你，以及和你如此相像的我，都再也沒有出口。我要遠離，去尋找這一切的原因。（停頓，他看著卡里古拉。加重語氣說）永別了，親愛的卡于斯。當一切結束的時候，別忘記我曾愛過你。

他走出去。卡里古拉目送著他，伸了伸手，但猛然抖抖身子，走回謝索妮雅身旁。

謝索妮雅：他說了什麼？
卡里古拉：這超過妳的理解範圍。
謝索妮雅：你在想什麼？
卡里古拉：想那個傢伙。也想到妳。不過這是同一回事。
謝索妮雅：怎麼了？
卡里古拉：（看著她）希皮翁走了。我也不再有友誼了。但是妳呢，我好奇妳為何還在這裡……
謝索妮雅：因為我討你喜歡。
卡里古拉：不。倘若我命人殺了妳，我或許便能明瞭。
謝索妮雅：這也是個辦法。那就這樣做吧。但是你就不能，儘管只是一分鐘的時間，放任你自己自由地活著嗎？
卡里古拉：我已經練習好幾年自由地活著了。
謝索妮雅：這不是我要說的意思。好好理解我所說的。以純粹的心活著、愛著，該是多麼好的事啊。

卡里古拉：每個人盡己所能達到純粹。我呢，我是以追尋本質的方式。這一切並不妨礙我可以殺了妳。（他笑）這將是我帝王生涯的加冕。

卡里古拉站起來，把鏡子轉向自己。他繞著圈子走，雙臂垂下，幾乎沒有動作，像隻動物。

真奇怪。當我不殺人的時候，就覺得孤單。活人不足以填充這世界，也不足以驅散煩悶。當你們都在這裡的時候，就讓我感受到一股無限的空虛，令我無法直視。我只有置身在自己殺死的人堆裡才感覺舒服。（他擺出傲然的姿態面對觀眾，身體稍微傾向前，渾然忘了謝索妮雅）他們是真實的。他們跟我一樣。他們等著我，催促著我。（搖搖頭）我和那些大喊要我開恩、被我割下舌頭的人，有過許多長時間的談話。

謝索妮雅：來吧。在我身邊躺下。把頭枕著我膝蓋。（卡里古拉照做）你很舒服。一切聲音都靜止了。

卡里古拉：一切聲音都靜止了。妳太誇張了。妳沒聽到兵器鏗鏘作響的聲音嗎？（聽到鏗鏘作響聲）妳沒聽見這千百個撩起埋伏怨恨的低沉喧囂嗎？

低沉喧囂聲。

謝索妮雅：沒有人膽敢……

卡里古拉：有，愚蠢。

謝索妮雅：愚蠢不會殺人，它會讓人學乖。

卡里古拉：愚蠢會殺人，謝索妮雅。它只要自認被冒犯，就會殺人。喔！會殺我的不是那些兒子或父親被我殺掉的人。那些人都懂了。他們是和我站在一起的，嘴裡有著和我一樣的氣味。但是其他人，那些被我嘲笑和愚弄的人，他們自負的虛榮心是我無法抵抗的。

謝索妮雅：（激烈地）我們會捍衛你，我們這些愛你的人還很多。

卡里古拉：你們的人數愈來愈少。我做的一切都讓你們人數減少。更何況，持平來說，反對我的不只有愚蠢，還有那些想追求幸福的忠誠和勇氣。

謝索妮雅：（激烈地）不，他們殺不了你。又或者，會有某個來自上天的東西，在他們碰到你寒毛之前就毀滅他們。

卡里古拉：上天！根本沒有上天，可憐的女人。（坐下）為什麼突然間如此愛意滿滿呢？這不是我們平常的模式。

謝索妮雅：（站起來，走來走去）所以，看你殺了那麼多人還不夠，還必須知道你也將會被殺死嗎？看著你殘酷、撕裂，當你壓在我肚子上聞到你殺戮的氣味還不夠嗎？我眼見你身上人的模樣一天一天逐漸死去。（她轉身向著他）我年華老去，很快要變醜了，我知道。但是我對你的擔心，現在占據我一切心思，你不再愛我我都不在乎了。我只想看到你痊癒，你還是個孩子。整個生命還在眼前！還有什麼比一生更重要的呢？

卡里古拉：（站起身，注視著她）妳在這裡已經很久了。

謝索妮雅：是的。但是你還是會留下我，不是嗎？

卡里古拉：我不知道。我只知道妳為什麼會在這裡：為了所有激情奔放但沒有歡愉的夜晚，也為了妳對我了解的一切。

他抱著她，手微微把她的頭推往後仰。

我二十九歲。不算多。但是此時此刻我覺得生命如此漫長，積滿如此多的遺骸，已經活夠了，妳是最後一個見證者。面對將要成為老女人的妳，我的心不得不存著某種可悲的溫柔。

謝索妮雅：對我說你會留住我！

卡里古拉：我不知道。我只是意識到，也是最恐怖的，那就是，這種可悲的溫柔，是生命至今唯一給我的純粹感覺。

謝索妮雅脫離他的懷抱，卡里古拉跟在她身後。她把背倚著他，他從後面環抱。

最後一個見證者是不是消失比較好呢？

謝索妮雅：這不重要。我很高興你跟我說這些。但是我為何不能和你分享這幸福呢？

卡里古拉：誰跟你說我不幸福？

謝索妮雅：幸福是寬大慷慨，而不是毀滅。

卡里古拉：這麼說來，就是存在兩種幸福，我選擇的是殘殺這一種幸福。因為我很幸福啊。曾有一段時間我以為已經到達痛苦的極致。然而不是！原來還可以更痛苦。到達痛苦的邊界之後，就是荒蕪且壯麗的幸福。看著我。

她轉身面對他。

謝索妮雅，一想到這幾年來整個羅馬都避免提到圖西菈這個名字，就令我啞然失笑。因為全羅馬這幾年來都搞錯了。愛情對我來說是不夠的，這是我所領悟的。這也是我今天看著妳更加深一層領悟的。愛一個人，是願意和他一起老去，我沒辦法承受這樣的愛情。老去的圖西菈比死去的圖西菈更令人難以忍受。人們都以為一個男人痛苦，是因為他愛的人突然死去。其實男人真正的痛苦並非這麼淺薄：而是發現悲傷也不會持久。連痛苦都失去了意義。妳看，我沒有藉口，甚至沒一絲愛情的陰影，也沒有憂傷的苦澀。我沒有託辭。但今日呢，我比幾年前更自由，擺脫了回憶與幻想。（他激動地笑）我知道什麼都不會長久！要知道這一點！在這個故事裡，我們是僅有的兩、三個真正有這種經驗的人，成就了這個荒唐的幸福。謝索妮雅，妳看著這齣怪異的悲劇直到尾聲。對妳來說也該是落幕的時候了。

他又走回她身後，前臂勒著謝索妮雅的脖子。

謝索妮雅：（驚恐地）這恐怖的解脫，就是幸福嗎？

卡里古拉：（手臂漸漸勒緊謝索妮雅脖子）的確是的，謝索妮雅。若沒有這解脫，我本來應該是個心滿意足的人。幸虧有它，我獲得了孤獨者的神聖洞察力。（他愈說愈興奮，勒得愈來愈緊，謝索妮雅沒有反抗，雙手稍稍伸往前。他傾身在她耳邊說）我活著，我殺人，我運用瘋狂的毀滅權力，相較之下，造物主的權力簡直像耍猴戲。這，就是開心。這就是幸福，這無法忍受的解脫、這對一切的蔑視、鮮血、我周圍的仇恨、掌握整個人生的人這無可比擬的孤獨、不受懲罰的殺戮所獲致的無比快感、這碾碎人類生命的無情邏輯（笑），它也碾碎妳，謝索妮雅，以便成全我所希冀的永恆孤獨。

謝索妮雅：（無力地掙扎）卡于斯！

卡里古拉：（愈來愈興奮）不，不能心軟。必須了斷，因為時間緊迫。時間緊迫啊，親愛的謝索妮雅！

謝索妮雅發出垂死的嘶啞喘息，卡里古拉把她拖到床邊，放手讓她倒在床上。

茫然地看著她，聲音嘶啞地說。

妳也是，妳也有罪。但是殺戮不是解決辦法。

第十四場

他繞著自己轉圈，神色驚惶，走向鏡子。

卡里古拉：卡里古拉！你也是，你也一樣，你也有罪。那麼，就只是或多或少的問題！但是在沒有仲裁者、沒有任何人是無辜的這個世界，誰又敢判我的罪呢！（極為悲痛的語氣，緊貼在鏡子前）你很清楚，埃利恭沒有來。我不會有月亮。但是，是對的、又必須堅持到死，是多麼苦澀啊。因為我害怕死亡。武器的聲音！那是無辜的人在準備著他們的勝利。我若是他們，不也會這樣做嗎！我害怕。多麼倒胃口啊，蔑視其他人之後，感覺到自己心裡其實同樣懦弱。但這不要緊，害怕也不會持久，我會找回那巨大的空虛，心可以在其中得到平靜。

他稍微往後退，然後又走向鏡子前。似乎比較平靜了。他又開始說話，但聲音比較低沉也比較壓抑。

一切都顯得那麼複雜。然而，其實一切都那麼簡單。若是我得到了月亮，若是有了愛就足夠的話，一切都會改變。但何處能解渴呢？對我來說，有哪顆心、哪個神會深如湖泊呢？（跪下、哭泣）在這個世界，或在另一個世界，沒有任何可以和我披靡的，但是我知道，你也知道（他哭著朝鏡子伸出雙手），只要「不可能」存在就行了。「不可能」！我天涯海角找它，在我自身裡四處找它。我伸出雙手（大喊），我伸出雙手但找到的竟是你，永遠是你面對著我，我對你充滿怨恨。我沒走應該走的路，我哪裡都到不了。我的自由是錯的。埃利恭！埃利恭！什麼都沒有！還是什麼都沒有。喔！這夜晚好沉重！埃利恭不會回來了：我們將永遠是罪人！這夜晚和人類的痛苦一樣沉重。

後台傳來武器和低語的聲音。

埃利恭：（出現在舞台底端）當心，卡于斯！當心！

一隻無形的手用匕首刺死埃利恭。

卡里古拉站起身，手抓起一把小凳子，氣喘吁吁走近鏡子。他注視鏡中的自己，假裝往前一躍，看著鏡中人跟他一樣的動作，大吼著用力把凳子丟向鏡子：

卡里古拉：歸入歷史，卡里古拉，歸入歷史。

鏡子破裂，同時間，攜著武器的謀反者從四面八方湧進。卡里古拉面對他們，發出瘋狂大笑。年老貴族從背後攻擊，謝黑亞正面攻擊。卡里古拉的笑聲轉為打嗝。所有人攻擊他。在最後一聲嗝之中，卡里古拉笑著、垂死喘息，大聲吼：

我還活著！

落幕。

劇終。

附錄

卡繆戲劇集序[1]

卡繆

這本戲劇集收錄的劇本是一九三八至一九五〇年之間完成的。第一齣《卡里古拉》是一九三八年在讀了蘇埃托尼（Suétone）的《十二帝王傳》（*Douze Césars*）之後所寫的。我本來構想由我在阿爾及爾成立的小劇團演出，而我的意圖很簡單，就是創造卡里古拉這個角色。剛出道的演員有這些天真質樸的特質，而我當年才二十五歲，正是除了自己，對一切都存著懷疑的年紀。戰爭爆

1 本文是卡繆為一九五七年出版的英文版《卡里古拉與其他三部戲劇》所寫的序文。編註。

發迫使我放慢腳步，《卡里古拉》直到一九四六年才在巴黎赫伯托劇院上演。

《卡里古拉》是一齣屬於演員和導演的戲劇。但是它當然也擷取了我在那個時期所關心的議題。法國評論界雖然對這齣劇頗有好評，卻經常談到這是一齣哲學戲劇，這讓我非常驚訝。它真的是一齣哲學劇嗎？

卡里古拉本來還算是個和藹可親的皇帝，但在他妹妹兼情婦圖西菈死後，他發覺自己所生存的世界無法令人滿意。從此他一心一意想得到「不可能」，蔑視一切，充滿恐懼，想藉由殺人、任意顛覆一切價值而得到自由，但最後才發現這個自由不是他所想像的那個自由。他棄絕友情和愛情、人性中單純的團結、善與惡。他把周遭人隨口說的話放大檢視，逼他們順著邏輯到底，他對生命的渴切使他拒絕一切，毀滅式的憤恨讓他剷平周遭一切。

但是，若他的真理是反抗命運，他的錯誤就是否定了人。毀滅一切，勢必也連自己一起毀掉。這就是為什麼卡里古拉身邊的人愈來愈少，堅持著自己的邏輯，只會讓更多的人反對他，終究殺死了他。《卡里古拉》是一個高級自殺的故事。這是最人性、也是最具悲劇性錯誤的一個故事。為了忠於自己而背叛人，卡里古拉最後接受死亡，因為他明白了沒有人能獨善其身，和所有人對立無法得到自由。

這是一個智性的悲劇，因此大家理所當然把這齣劇定位為學術戲劇。對我個人來說，我承認這個劇本有許多缺失，但找了老半天都沒在這四幕之中找到任何哲學成分。若真要說有，應該是主人翁說的這句：「人會死，而且他們並不幸福。」這個觀念毫無出奇之處，我覺得這也是拉巴利斯先生[2]以及所有人類共同的一個想法。不，我的企圖並不在此。在戲劇範疇裡，追求「不可能」是一個研究課題，就如同貪婪、姦情一樣。呈現出這個追求的狂熱、彰顯它帶

---

2 拉巴利斯先生（M. de La Palice）源自於法國貴族拉巴利斯（La Palisse, 1470-1525），已經成為一個約定俗成的用詞，意思是「重申再明顯不過的事實」。卡繆也曾在《薛西弗斯的神話》中用過這個用詞。可參見《薛西弗斯的神話》頁二七的註釋（大塊文化版，嚴慧瑩譯，二〇一七年）。譯註。

來的災難、揭示它終將失敗，這就是我的計畫。評論這齣劇本也應該從這個角度來看才對。

再說一句。有些人認為我這齣劇很聳動，但他們卻覺得伊底帕斯弒父娶母很自然，也覺得三人行沒什麼——當然這只局限在高級豪宅區。然而，我對因為無法說服而選擇聳動這個方式的藝術作品，並沒有多大的評價。若我不幸引起了眾人物議，很可能只是因為我太過於渴切真實，但一個藝術家若是背離了真實，就是揚棄了他的藝術本身。

《誤會》是在一九四一年寫的，法國被占領期間。我迫於局勢，生活在法國中部山區。這樣的歷史與地理情勢，足以解釋在這部劇作中所反映出的我當時的鬱悶幽禁狀態。這齣劇讓人感到窒息，這是事實。但是那個時代，所有人都鬱悶地喘不過氣。無論如何，這齣劇的暗鬱令我和大眾都感到不舒服，為了鼓勵大家接受這齣劇，我建議讀者：（一）看見這齣劇的寓意並不是完全負面的；（二）把《誤會》視為創作一部現代悲劇的嘗試。

一個兒子不說出自己名字而想被認出，卻因誤會被他母親和妹妹殺了，這就是這部劇的主題。毫無疑問，這是對人性非常悲觀的一個視角。但對人來說，也可能得出一個相對的樂觀視角。因為，其實如果兒子說「是我，我叫什麼名字」，一切就會改觀。這也就是說，在這個不公不義、冷漠的世界，用最簡單的真誠和最正確的字眼，人可以自救，也可以救其他人。

這部劇使用的語言也讓人不適應，這一點我知道。若是我讓劇中人物穿上古希臘的服裝，大家可能都會鼓掌。但我的意圖恰恰是讓現代人物使用古代悲劇的語言。老實說這非常困難，因為這語言必須讓現代人說起來覺得自然，又必須帶著古怪，呼應古代悲劇的調性。為了貼近這個理想，我試著在人物個性上添加疏離感，在對話上製造模糊弔詭。觀眾應該因而會覺得有點親近又同時覺得不自在——不論對觀眾或是讀者都是。只是我不敢確定自己拿捏得夠不夠好。

至於老僕人這個角色，並不必然象徵命運。當這場悲劇中倖存的女人呼喊上帝時，是他回應的。但是，這也可能是另一個誤會。他拒絕女人對他的求救，是因為他的確沒有意圖幫助她，當痛苦或不正義到了一個程度，誰也幫不了誰，痛苦必須自己承擔。

其實我覺得這些解釋並沒有多大用處。我一直認為《誤會》是一部容易理解的作品，只要大家接受這個語言，並相信作者深深投入其中。戲劇不是一個遊戲，這是我的信念。

《戒嚴》在巴黎首演時，輕易獲得了口徑一致的批評。當然，很少戲劇曾獲致如此全面的抨擊，但特別遺憾的是，我始終認為《戒嚴》雖有眾多缺陷，或許是和我最相像的一部作品。這個形象儘管忠實相像，讀者有絕對的自由可以覺得它不討人喜歡。然而，我想先反駁幾個成見，以便賦予這個評價更大的力道和自由度。首先要知道：

一、《戒嚴》從任何方面看，都不是改編自我的小說《瘟疫》。雖然我給了劇中一個人物這個象徵性的名字，但既然是一個獨裁者，取這個名字是正確的。

二、《戒嚴》並不是一齣古典概念的戲劇，反而比較貼近我們中古世紀所謂的「道德劇」，或是西班牙的「聖教劇」，以諷諭的戲劇呈現所有觀眾早就知道的主題。在那個獨裁者和奴隸的時空之下，這齣劇的重點集中在我所認為唯一存活的宗教，也就是自由。因此，指摘我的人物角色只具象徵性是完全徒勞。我承認我的目標正是把戲劇抽離心理思辨，在我們低聲呢喃的舞台上發出大聲疾呼，折服或解放今日的廣大群眾。光從這個角度看，我確信我的企圖值得受到大家關注。很有趣的是，這齣討論自由的劇，在右派獨裁和左派獨裁國家都不受歡迎。它在德國多年不間斷被搬上舞台，但在西班牙或鐵幕國家[3]未上演過。對這部劇作隱藏的或明顯的意圖，還有很多可說的，但是我只想闡明

3 西班牙當時是右派獨裁的佛朗哥政府，鐵幕國家則是左派共產主義極權國家。譯註。

我的讀者評價，而非左右這個評價。

《正義者》運氣比較好，受到好評。然而讚美如同批評，都可能產生於誤會，因此我想講得再明確一些：

一、《正義者》中敘述的事件是歷史事件，甚至大公夫人和謀殺她丈夫的人的那次令人驚訝的會面都是史實。因此應當只評論我把真實事件還原的方式。

二、希望讀者不要被這部作品的形式所惑。我試圖以古典的方式呈現悲劇張力，也就是讓兩方人物以相同的力量和理性對峙。但若就此結論一切都達到平衡，那就錯了，劇中所遇到的難題，我也認為不該行動。我對劇中的主人翁卡利亞耶夫、朵拉帶著全然的崇敬。我只是想表明行動本身有其界限，唯有守住這界限的行動才是好的、正義的，人如果必須越過這個界限，那他至少要接受死亡。我們今日的世界之所以顯現令人憎惡的面貌，因為它恰恰是被那些自認為有權越過界線的人所製造出來的，首先就是殺別人而自己逃死。正因如此，如今在世界各處，正義被拿來充當殺人者的藉口。

最後再說一句，想告訴讀者們在本書中找不到的東西。儘管我熱愛戲劇，卻不幸地只愛一種戲劇，不論是喜劇或是悲劇。經過一段相當長時間身為導演、演員、劇作者的經驗，我覺得沒有語言和風格，就算不上真正的戲劇。即使效法我們古典戲劇和古希臘悲劇的作品，若沒有觸及整體人類命運中單純和偉大的地方，也算不上真正的戲劇。我不敢自負與古典戲劇和古希臘悲劇比肩，但至少要把它們當成典範。心理分析、巧妙的插曲、辛辣的情境，作為觀眾的我或許會覺得好玩，但作為劇作者的我對這些毫無興趣。我甘心承認這個態度值得商榷，但我認為在這一點上應當先表明我就是這樣。讀者既然知道這一點，也大可就此打住。那些不因為我這種堅持而氣餒的讀者，我相信更可以從他們身上得到友誼，一種超越疆界、連結讀者與作者的奇特友誼，若其中並無誤會的話，這是一個作家最大的獎勵。

一九五七年十二月

譯者後記

卡繆的戲劇創作

嚴慧瑩

卡繆一九一三年出生於法屬阿爾及利亞，一個殖民國度，一個文化貧瘠的社會，一個窮困的家庭，卻造化出一個向全世界散放文學光芒的偉大文人。他的論述鏗鏘有力，小說充滿人性關懷，而他的劇作則是經由對話作為辯證，餘韻不絕。

卡繆的創作最為人所知的有小說《異鄉人》、《瘟疫》等，有論述《薛西弗斯的神話》、《反抗者》等，亞洲讀者較不熟悉他的劇本，其實戲劇創作（並參與投入）占據卡繆短暫的一生非常重要的地位。

卡繆很早就對慶典表演、戲劇、電影懷抱濃厚興趣（自傳式的《第一人》中曾談及）。一九三六年，卡繆二十三歲，大學剛畢業，充滿熱情與抱負，在「戲劇撒哈拉沙漠」（如卡繆自己所言）的阿爾及爾成立了「勞動劇團」（Théâtre du Travail），邀集一些業餘的年輕知識分子、學生一起做戲劇，到處下鄉巡迴演出。「勞動劇團」後來改名為「團隊劇團」（Théâtre de l'Équipe），這是卡繆在進入報社、出版任何一本著作之前所做的事。

卡繆一生的創作生涯都離不開戲劇。除了寫作劇本、改編（馬爾侯、紀德、杜斯妥也夫斯基、福克納等作家的小說）、執導，更親自粉墨登場。他喜歡的是做劇團集體合作、一起切磋、在舞台上演出的汗水奔流的快樂。這就是卡繆。與其坐在文學沙龍裡高談闊論，他穿著牛仔褲、捲起袖子親自投身到創作裡，和自己的創作融成一體。

他曾在一次訪談中談到自己投身戲劇的原因：「為什麼做戲劇呢？我也經常問自己這個問題。直到目前我只想出一個原因，你們可能會覺得答案平庸地令人洩氣：很簡單，那就是舞台是我在這個世界上覺得快樂的地方之一……」答案很簡單但一點都不平庸，反而真誠懇切。投身戲劇並不在於開拓創作範疇，並不為了吸引媒體目光，也不是為了政治理念效勞，而是「覺得快樂」。相對於他的論述作品，他的戲劇創作並不是曉以大義，反而可以看作是傾訴衷腸、充滿感情。的確，對一個創作者來說，有什麼比用真正的聲音言語、實際的肢體動作闡釋思想更為快樂的事呢？

在《薛西弗斯的神話》中，那句劇力萬鈞的「我們應當想像薛西弗斯是快樂的」，和卡繆說到自己做戲劇是「快樂」的，用的是同一個字heureux，這快樂當然不只是高興、愉快，而有更深沉的內容。要探究這個內容，可能要從當時法國戲劇創作背景談起。

兩次大戰之間，以及大戰之後，法國戲劇經歷一個重要轉折。簡化而言，原本戲劇世界裡並存著「大道戲劇」（théâtre de boulevard）與「文學戲劇」（théâtre littéraire），兩者涇渭分明。前者是在巴黎大道區為數眾多的劇院裡上演的娛樂劇，輕鬆或悲情，插科打諢，適合一般大眾口味。後者則是曲高和寡，注重傳統表演方式，用詞嚴謹高尚，以文學性、劇作者為號召。為了打破這種一分為二的劇場精神，興起了所謂「平民大眾戲劇」（théâtre populaire）：誰說一般大眾平民只接受工業化炮製的輕鬆劇碼呢？誰說戲劇一定要講究四平八穩、古典嚴謹呢？為什麼不能用淺顯易懂的對話與情節傳達嚴肅的思想給大眾，提升一般百姓觀賞的層次呢？這個轉折期，卡繆躬逢其盛，更實際以創作作為見證。我們能輕易想像懷抱著「與人民一起分享文學與哲理」這個理念而忙碌的卡繆，是快樂的。

然而，卡繆真正原創完成的劇本並不多，只有四本：《卡里古拉》（一九三八）、《誤會》（一九四四）、《戒嚴》（一九四八）、《正義者》（一九四九），前兩本屬於「荒謬系列」，後兩本屬於「反抗系列」[1]，若非一場車禍，卡繆接下來的「愛的系列」還預計改寫兩本劇本《唐璜》和《浮士德》。我們可以看出，在他的寫作計畫裡，論述／散文、小說、劇本是平行一起進行的，各自善用各自的文體特殊性來貫穿思想。

1 根據《卡繆辭典》（*Dictionnaire Albert Camus*. Sous la direction de Jeanyves Guérin. Édition Robert Laffont. 2009 Nov. P.275）：一九四〇年，卡繆和劇場導演（也是好友）尚—路易．巴侯勒（Jean-Louis Barrault）同時分別就「瘟疫」這個主題進行寫作。卡繆於一九四七年完成小說《瘟疫》，巴侯勒寫的劇本卻沒寫完，他把手稿交給卡繆，請他完成，就成了《戒嚴》這部劇作。學界有時會說這是四手合寫的作品，但是沒有人知道巴侯勒寫的分量占多少，而卡繆又用了多少。是頭尾都是巴侯勒的構想嗎？還是只起了個頭？因為文獻不足，並無定論。可能是這個原因，在卡繆《札記》中於一九四七年寫下的關於作品系列規畫中並無《戒嚴》這部作品，它是另外衍生出來的。也可能是這個原因，《戒嚴》獲得的關注少很多。

《戒嚴》雖然屬於卡繆第二個思想時期的作品，但此劇首演後就遭到一致惡評，加上場面浩大、演員眾多、時代跳躍，搬上舞台難度高，所以直至今日是卡繆戲劇作品中最少被演出的。也因為這些原因，評論界說這齣戲文學性高而戲劇性低。

雖然我們也可以看到本書附錄裡卡繆在英文版劇本集的序文中為此劇說明、辯護，但考量以上原因，並參考他各階段作品的主題系列性，因此大塊文化版本的卡繆反抗系列作品暫先擱置此作，在此與讀者說明。編註。

雖然只留下這四齣劇本，它們的影響非常深遠，不僅締造了「現代悲劇」（tragédie moderne）的概念，也帶動了後來以貝克特（Samuel Beckett）、尤涅斯柯（Eugène Ionesco）為首的「荒謬劇場」（théâtre de l'absurde）。首先要釐清，卡繆的戲劇討論「荒謬」這個主題，卻不是荒謬劇場。後來一九六〇年代興起的荒謬劇場製造荒謬的情境，打破邏輯、連貫性、人物間對話，顛覆戲劇語言，這並不是卡繆的觀念和目的，因為他認為人和人之間的語言溝通是最重要的。

說到語言溝通，立刻令人想到《誤會》。這齣劇情節簡單：一個帶著妻子回到故鄉投宿母親和妹妹經營的旅店的兒子，沒被認出也沒透露自己身分，被母親和妹妹誤認是個有錢的旅客而謀財害命，一個誤會造成四個人的不幸。

這個劇本靈感來自於一則真實發生的社會事件，刊登在一九三五年一月六日的《阿爾及爾回聲報》上，這則新聞想必讓卡繆印象深刻。在《異鄉人》中，莫梭在囚室床墊下發現一截發黃的報紙，上面刊載的就是這則社會新聞，莫梭的感想是：「我認為那個旅人有點活該，玩笑不能亂開」[2]。這句話毋寧就是《誤會》的精髓：面對嚴肅的生命，必須真誠，不能亂開玩笑！其實很簡單，不必屈服於荒謬的命運，不必拐彎抹角，不必猜測揣度，不必把情況弄得複雜，只消說出事實，按照人性、常理說自己是兒子，不就可以避免這樁悲劇？如同《瘟疫》一書中塔盧所說的：「人類的一切不幸都來自於他們不把話講清楚明白。」[3]

《卡里古拉》則比較隱晦，是卡繆最謎樣、最難懂、相信也是最具野心的一齣。很多人第一次讀應該都和我一樣，有「為什麼要塑造這樣一個人物啊？」「卡里古拉到底在搞什麼啊？」這樣的疑惑。

《卡里古拉》從構思到定稿，歷經了二十多年，卡繆早在一九三五年就在

2 卡繆，《異鄉人》，嚴慧瑩譯，台北：大塊文化，二〇二〇。頁九三。
3 卡繆，《瘟疫》，嚴慧瑩譯，台北：大塊文化，二〇二一。頁二八八。

筆記本上寫下了《卡里古拉》這個劇本的構圖，一九四一年完成，經過修改，一九四四年出版，中間又經過多次版本，才是我們今天讀到的定版（一九五八年）。

卡里古拉是羅馬帝國第三任皇帝，西元三七至四一年在位。歷史上記載他長了個山羊臉，荒淫無度、濫殺無辜、好大喜功，是典型的暴君，一個邪惡的瘋子。卡繆筆下的卡里古拉比起史籍多了心理層次（況且在法國無數次搬上舞台時都是選年輕英俊的演員，跟山羊一丁點都不像），並非美化暴君，也無關歷史劇，而是借用這個形象探究更深度的議題。

卡繆的卡里古拉行徑荒唐、褻瀆神祇、愚弄大臣與詩人、為所欲為，但是卡繆解釋了他瘋狂的原因。身為一個皇帝，有什麼是做不到的呢？於是他想要月亮，想要得到不可能得到的，想要絕對的自由，對「絕對」的妄想終於導致了他的虛無感與瘋狂，對「不可能」的渴望撞上了荒謬這堵牆。普世價值、人性道德、社會規範都消失之時，就是一條走不下去的死胡同，一堆鬼魅幻影，對生命漠然，這就是卡里古拉的悲劇。他察覺到生命的荒謬，卻用錯了反抗的方式。

卡繆的寫作雖然畫分為「荒謬系列」和「反抗系列」，其實思想是貫穿的：一旦意識到荒謬，面對這荒蕪的世界上無數的荒謬情境、無數的不公不義，自然要反抗，但是要採取「人性」的方式。《誤會》中的瑪塔嚮往陽光國度和沙灘，但以殺人劫財來得到就是錯的；卡里古拉想得到幸福、自由、想得到「不可能」，但不能逾矩無度，濫殺無辜。萬物皆有其宗，這個「宗」就是人性道德，就算對抗荒謬，就算反抗，也有不可為之事，也有一個界線。如同卡繆在《薛西弗斯的神話》中所彰示：反抗若沒有道德良知做後盾，悲劇將重複上演。

該用什麼作為武器來反抗呢？我看見卡繆昂然挺立，用他的筆、用他筆下的人物高喊出他的答案：按照人性！

國家圖書館出版品預行編目（CIP）資料

卡里古拉 / 卡繆（Albert Camus）著 ; 嚴慧瑩譯 . -- 初版 . --
臺北市 : 大塊文化出版股份有限公司 , 2022.03
面； 公分 . --（to ; 126）
譯自 : Caligula
ISBN 978-626-7118-05-4（平裝）

876.55 111001302

LOCUS

LOCUS

LOCUS

LOCUS